大麻でパクられちゃった僕
高野政所
POLICE
彩図社

イントロダクション

日本の警察は優秀だなぁ。

見事に〝持ってる〟時に職務質問を受けた。

深夜三時頃、ACID PANDA CAFE の仕事が終わって、いつもバイクを停めている場所に戻り、「これから帰るよー」なんて彼女にLINEを送っている時のことだった。

警察官に声をかけられボディチェックをされながら、ふとカバンの中に先日とあるクラブでもらったラップフィルムで包まれた大麻が入っていたのを思い出した。

「あ、そういや、持ってちゃいけないものを持ってるじゃん！　こりゃもう俺の人生もオシマイだ……逮捕されるとどうなるんだろう……これで俺も犯罪者の仲間入りか……」

なんてことをボンヤリと考えていた。自分のことなのだが、ずいぶん冷静だったと思う。

こんな悪人面な俺でも、今まで職務質問を受けたことは一回くらいしかなかったのだが、こんなジャストタイミングで受けるなんて。

大麻が違法なことは百も承知だった。だが、時として遵法精神よりも好奇心と冒険心が勝ってしまうことがある。そういう心境の時にそういう機会があったのだ。大麻に手を出した理由はそんなところだ。

パトカーが到着し、すぐに警察官がたくさん集まってきた。証拠そのものが見つかったので、その場で現行犯逮捕。もう言い訳のしようもないので、「これは何だ?」と聞かれた時、素直に「大麻です」と答えた。

パトカーに乗せられて、俺よりちょっと若い警察官に、全身、靴下の中まで調べられる。

「これで全部か?」

「全部っす」

とりあえず彼女に「ごめん、帰れなくなった」とだけ一瞬の隙を見てLINEをした。

「逮捕された」と送ったわけではなかった。もうちょっとしたら送ろう、と思っていた。

今思えば、ここで「逮捕された」と伝えておけば、混乱の度合いが少しは違っていただろう。

携帯電話は最初の取り調べで証拠品として押収されてしまうので、しばらくの間、外部との連絡は全く取れなくなるのだった。おかげで、身内の間では高野政所が行方知れずになった、という騒ぎになってしまう。

「マジで逮捕されるんだな〜。ちょっと前までレゲエDEEJAY・羅王さんの『独居房の夜』

を聴いてたけど、俺もあの曲の歌詞にあるような体験をするのか……」

そのままパトカーで、渋谷警察署に連行される。

「牢屋とか手錠とか、今まで体験したことがないことがこの先起きるんだろうな」

不安とか恐怖とかそういう気持ちではなく、諦めの境地というか、割と淡々とした気持ちで連行され、渋谷警察署に入った。薬物系の犯罪は組織犯罪対策課に送られる。

取り調べのイメージなんて、映画やテレビのあのイメージしかない。

「卓上ライトで顔を照らされて『吐け！　いい加減、吐いちまえ！』なんてコワモテの刑事から言われるんだろう。で、カツ丼とか出てくるのかな？　俺が黙秘してたら『お前のお袋は故郷で泣いてるぞ』なんてお決まりのセリフも出てくるのか？　まぁ俺は両親とも亡くしてるし、親戚づきあいもないからその辺で泣く心配はないんだけど、彼女は泣くだろうなあ」

こんなことを考えてるうちに、その日当直だったベテランの刑事が取調室に来た。年の頃は五〇代、特にコワモテではなく割と穏やかな人だった。

自分の持っていたカバンを指差してる写真や、押収物の写真を撮られたりした。

「どこで手に入れたのか」「いつからやっていたのか」と、取り調べは淡々と進んだ。

この期に及んで嘘をついても仕方がないので、素直に答えているうちに、少しずつ実感が湧いてきて、「ああ、これはシャレにならないことになってんな」と、この時になって急に不安が増してきた。

「今は刑事も一応〝ですます調〟で喋ってるけど、これがいつ命令口調に変わって、いわゆる一般市民から下級市民扱いになるんだろう……」

その日の取り調べが終わり、人生最初の〝クサいメシ〟（別項で詳しく書く）を出され、「これから留置場に入ってもらうから」的なことを言われ、留置場担当の警察官がやってきた。かなりガタイのいい、柔道とかレスリングをやっていそうなアグレッシブな若い警察官で、「おい、これから留置場生活だから、自分勝手なこと言ったりやったりさせねぇから、分かってんな？」と結構な勢いで言われる。まぁ俺の見た目はこんななので、相当やんちゃな奴だと思われてカマされてるんだろう。しかしご存知の通り、俺は〝ワルへの憧れ〟はあったけど、ひたすら文化系な人生を送ってきてるので、見た目に反してアグレッシブなところは全然ない。ケンカもしたことがない。こういう時に俺の見た目は損だな、と思いつつ「ハイ。分かりました」とおとなしく言うことを聞く。

「このあとは羅王さんの歌だと『パトカー降りて房に向かい　身体検査　裸になり　床に手をついて四つん這い　涙が出るほど情けない』が来るはずだな」と思った。実際すぐに身体検査で裸にされた。そしてパンツを下ろして、床ではなく壁に手を着いて肛門の中までチェックされる。確かにこれは情けないし、人権が一気になくなった感があある。

それから、自分は仮性包茎なもので普段はちんちんの皮がかぶさっているのだが、「ハイ、剥いて」と言われて、自分で自分のモノの皮を剥いて亀頭を露出させられチェックされた。

「いやー、さすがにケツの穴やちんこの皮に何か隠してたりはしないだろう！」と思いながら、「いよいよ始まったな」とも思った。

「留置場では名前で呼ばないからな、今日からお前の留置番号は三九だから覚えとけよ」

番号、来た‼

「三九。〝サグ〟だな。ついに俺もナードコアからサグになったのか。そんで、三九をひっくり返すと九三、つまり〝クサ〟だな。何とも言えない番号がついたもんだ」

というわけで、この瞬間から被留置者三九番としての生活が始まった。

そして、通称〝ヨンパチ〟と呼ばれる、外部との接触不可能な四八時間が始まるのである。

大麻でパクられちゃった僕　目次

第一章　トメノート

第二章　前科おじさん

第三章　反省の色

【新録】そして大麻おじさんへ

高野政所の自己紹介

読者の方の中には、「お前は誰だ?」と思う方もいるでしょう。まずは初めに自己紹介を。はじめまして。高野政所と申します。

もちろんこれは音楽活動などをする時の名前で、本名は報道に出た通りです(苦笑)。自分が一体何者なのかということを一言で言うならば〝ボンクラのクズ野郎〟ということになりますが、今回の逮捕に至るまでにどんな人生を歩んできたかということを、改めて振り返ってみたいと思います。

一九七七年一月二七日生まれ。幼少期からだと非常に長くなってしまうので、青年期からの出来事を書きます。高校時代、同級生に教えられた電気グルーヴとの出会いで人生が順調に折れ曲がり始め、若干、歪んだ価値観を持つようになりました。後に石野卓球さんにお会いした時にこの話をしたら、「俺のせいにすんじゃねーよ! 勝手に曲がったんだろ!」と言っていましたが、まさにその通りです。

と、そんな影響で、大学時代よりテクノミュージックやバカバカしいサンプリングに徹した〝ナードコアテクノ〟と呼ばれるジャンルを、「LEOPALDON（レオパルドン）」という音楽ユニットでやっていました。当時のシリアスなクラブミュージックがモテそうで気に食わなかったため、ひたすら王道より外道といった感じで活動を続けていたものの、いわゆる〝サブカル界隈〟で少し話題にしていただき、二〇代前半くらいの時には、当時の〝ネット世代の若い子〟ということで取り上げてもらうようになり、様々なクラブや地方でもライブをさせてもらいました。

そんな生活を送っていながらも女性とは全く縁がなく、というか中学二年生ぐらいから、つまり異性に対するモテということを意識し始めた瞬間から、なぜか全く女性と会話ができなくなり、それが二五歳くらいまで続きます。なので童貞喪失は二六歳の時、やむにやまれず川崎のソープランド「シルクハット」でいたしました。七万円でした。今思うとずいぶんと思い切った金額を出しましたが、当時は「最初の一回なのだから、そのくらいの金は突っ込むぜ！」という、どうでもいい男気を発揮したんだと思います。

話は戻って、中学時代は女の子と全く話せなかったものの、そこそこ勉強はできたので県内でもそこそこ有名な進学校に進み、明治大学に入学しました。

大学生活は基本的に友達がいなかったので、音楽制作と香港映画鑑賞とアルバイトに費やしました。成績は中の中くらいだったはずです。しかしながら就職活動のタイミングで、空前の就職氷河期に見舞われてしまいました。意識の高い同級生達が次々と就職を決める中、僕も三〇社近くの入社試験を受け、その中で七社の最終面接まで行ったものの、生き馬の目を抜くようなシビアなご時世、「本気の奴しか採りたくない」という各企業の社長達の目には、僕の「どっか入れればいいや、しかもちょっと有名なところで。適当に給料とかもらって音楽をやっていこう」という魂胆が見え見えだったのでしょう。最終面接でことごとく撥ね付けられてしまいました。

その後は就職を諦め、様々なアルバイトをしながら生きていましたが、二七歳の時、ふと「このままでは、人生何もいいことがない。もちろん著作権法違反バリバリのサンプリング音楽は真っ当に売れそうもない。そしてモテたい……」と思った僕は、突然、店をやろうと思い立ちます。

当時はちょっとしたクラブブームで、クラブと言えばオシャレなイメージがありました。しかし僕自身、クラブ音楽をやっていても一向にモテる気配もないので、「モテたくてDJをやってる奴らとか、オシャレ感覚でパーティーを開いている奴らに場所を提供してモテてもらい、その代わり奴らから金をムシリ取ってやるしかない!」と一念発起したのです。

また、当時はカフェブームというのもありました。もちろん僕はそういったブームには全く縁がなく、むしろ「そういうことを言っている奴らは全員死ねばいい」とさえ思っていたので、そういう奴らへの当て付けという意味も含めて、店名にわざとらしく「カフェ」と付けようと思いました。サラリーマンで安定収入を得て、DJやって、なおかつ女にもモテて、オシャレで、「将来はカフェとかやりたいんだよね〜（絶対やらねぇクセに！）」とか言ってる、世の中的に結構イケてる部類に属するようなこまっしゃくれたクソ共をダマらせるために。

「お前らは将来カフェやりたいとか言ってるけど、俺みたいな奴が先にカフェやってやったぞ、ザマーミロ！」ということで、その時のLEOPALDONのメンバーと共に「ACID PANDA CAFE（アシッドパンダカフェ）」というDJバーを、東京・大岡山に出店しました。

当時は、（心を開くことも親しい交流とかも全くないけど）自分にもそういうイケてるオシャレDJみたいな知り合いが何人かいました。

最初は〝同世代が店をオープンした〟ということでそういう人達も来てパーティーをしてくれたりしたものの、僕が心の中でそういう連中に激しいルサンチマンを抱いており、「ケッ！　クソつまらねぇパーティーをチャラチャラとやりやがって！」という気持ちが、知らず知らずに態度に出ていたのでしょう。結果そういうオシャレな人達は、オープン三カ月で蜘蛛の子を散らすようにサッパリといなくなってしまいました。その代わり、当時流行していたSNS、ミクシィなどで噂を聞きつけた〝俺みたいな奴ら〟が、自分達の居心地の良い場所を求めてあらゆるところから集まり、ACID PANDA CAFE（以下アシパン）は〝ボンクラの巣窟〟のようなところになっていったのです。

とにかくいろんな人種が集まりました。一流大学の学生から、真っ当なサラリーマンとして生きているものの本当は気の狂っている奴、中卒の元ギャング、ラッパー、風俗嬢など、自分達が面白いと思ってやっていることに何らかの共鳴を示してくれた連中が多く、自分の今の交友関係のほとんどがこの時期に形成されたと言っても過言ではありません。

現在は、何人かは有名人となって活躍していたり、平和な家庭を築いていたり、消えてしまったりと様々な道を進むことになったのですが、当時はまぁとにかくメチャクチャでした。

僕もズブの素人で商売の仕方も分からないまま店を始めたため、儲けは度外視、面白さ重視で、思いついたことや興味があることなら何でもやっていました。

アシパンは、二〇〇六年に大岡山でオープンした後、自由が丘、渋谷と場所を変えて一〇年ほど営業しました。一応クラブという形ではありましたが、そこで行われていたことは、後に度々出演することになるTBSラジオ『ライムスター宇多丸のウィークエンド・シャッフル』の放送で〝平均的かつ最先端〟と称されるような悪ふざけが大半でした。

今の若い子達には信じられないかもしれませんが、当時はまだクラブにはクールさが求められており、〝おもしろ〟の要素を入れること自体が許されない時代でした。もちろんJ－POPやアニソンでのDJイベントなんて、一部を除いて全くと言っていいほどありませんでした。とにかく〝クラブ＝ファッショナブルでクール〟でなくてはならなかった。そう考えると時代は変わったなあ。

今でこそ〝変り種パーティー〟みたいなものはたくさんあって、そういうお店もだいぶ増えてきた感がありますが、当時こんなにふざけたことを一応クラブと呼ばれるような場所でやっている集団は、僕が知る限りではDJミッシェル・ソーリーさん（ex. ミッツィー申し訳）ぐらいしかいなかったはずです。

そんな時代にアシパンではどんなことをやっていたかというと、例えば一番ヒドいなと思うのは、大岡山時代にアシパンの店の前に停めた自転車がパンクさせられるイタズラが続発したため、お客さんが各自モデルガン、竹光、バットなどの武器を持ち寄って武装し、店の入り口に監視カメラを設置して、店内のスクリーンでその様子を映し出し、朝までひたすら監視するという、ただの〝夜警〟に「ジャスティスナイト」という名前を付けて急遽開催してみたり、ダサいTシャツを持ち寄ってそのダサさを競う「ダサTウォーズ」、童貞のDJだけを集めて行う「ザ・童貞☆ナイト」、機材を全く触ったことのない素人を集めて、三〇分だけ超適当なDJ講座をやってその場でDJデビューさせる「ファーストミッション」、あとは「お客さんが来た瞬間に全部の電気を消して真っ暗にして放置したあと、暗闇にスポットが当たって全裸の男が踊る平日営業」とか、「運動会」「工作大会」「根性試し」……など、その他数え切れないくらいのくだらない企画が行われていました。

宇多丸さんにもアシパン一周年記念の際にDJをやっていただいたことがあったのですが、その時の店の機材が「パイオニアのCDJではない」ということで小一時間説教をされたのも、今は良い思い出です。

というように、終始こんな調子だったので、当然のごとく経営は傾いていきました。そしていよいよ「もうダメだ……」という時に、僕が学生時代にやっていたバイトの先輩、棚木純也さんがIT企業を起こし社長として成功していると聞いたので連絡を取ってみたところ、物好きにもほどがあるというか「高野君達のやっていることは面白いから続けた方がいい」ということでオーナーになってもらい援助を受け、何とか一〇年ほどやってこられたわけです。数度の移転を経て店の規模が大きくなるに連れ、だんだんとやっていることも〝ヌルく〟なっていったなあと今では思います。イベントがだんだんとヌルくなっていったのは、微妙に知名度が上がったり、渋谷という目立つ場所に移り商売的にきちんとしなければいけなかったりという理由もあったのですが、僕の人生の転機となった〝ファンコット(FUNKOT)〟という音楽ジャンルを発見してしまったことが一番の要因でしょう。

ここまで僕の人生を変えてしまったファンコットとは何なのか。もうファンコットだけで本が一冊書けそうな感じですが、かいつまんで僕とファンコットとの関わりをお話しします。

ファンコットの正式名称は〝ファンキー・ハウス・コタ(FUNKY HOUSE KOTA)〟。インドネシアの首都ジャカルタ北部の歓楽街コタ地区で生まれた、ハウスミュージックのローカル変異形態です。現地ではFUNKY HOUSEまたは単純にHOUSE MUSICとかFUNKYなどと呼ばれる音楽で、二〇〇九年に僕が出演したTBSラジオ『ライムスター宇多丸のウィークエンド・シャッフル』で紹介するまで、インドネシア国外には存在しなかったダンスミュージックです。

音楽的な特徴としては、インドネシア伝統音楽の流れを汲む独特のビートとベースライン、超高速なＢＰＭ(テンポ)、ハイパーなシンセサウンド、リズミカルで意味を成さないボイスサンプル、西洋東洋を問わないリミックスの数々と、ダウンビートと呼ばれるＢＰＭの変化展開を持つ曲も多く、一定のルールに従っていればとにかく自由度が高く、何でもありなのが特徴と言えるでしょう。

と、音楽的な説明はこれくらいにして、今はネット上でも簡単に聴けるので、興味がある方は聴いてみてください。

僕とファンコットとの出会いは、偶然というか必然だったような気がします。

僕はYouTuberなのですが、と言うか「さて、YouTubeやるか！」と気合いを入れて色々な映像を掘っていくのが趣味の一つという〝YouTube探索大好き人間〟です。

二〇〇九年のある日、自分で「今日はアジアのダンスミュージックを探索する」とテーマを決め、YouTube掘り活動をしていた時のことです。僕は大学時代に友達がいなさすぎたため、香港映画を観まくったりアジアの音楽ばかりを聴き漁っていたのですが、学校近くの〝ディスクユニオンで一枚一〇〇円のワールドミュージックの中古ＣＤを漁っていた時、〝ダンドゥット〟というインドネシアの民衆歌謡の存在を知りました。日本でいうところの演歌のような音楽ですが、独特の節回しと民族臭溢れるリズムが面白く、「当時はそれをよく聴いていたなあ」とふと思い出しました。

ダンドゥットは八〇年代のワールドミュージックブームの時に日本でも少し流行したのですが、「二〇〇九年現在のダンドゥットってどうなっているのだろう?」と思い立ち、ダンドゥットのインドネシア語での綴りを調べ「DANGDUT」とYouTubeの検索窓に入力した時、全てが始まりました。

「なんじゃこれは!! 俺の知ってるダンドゥットとは全然違う!!」

一五年近くの空白を経ての、ダンドゥット再発見でした。

ダンドゥットは〝FUNKY DANGDUT〟とか〝HOUSE DANGDUT〟という名に進化し、当時のエキゾチック感溢れるメロディーの面影は残しながらも、倍速のマシンビートが加わりハイパーなシンセサイザーの音色が鳴りまくり、洋楽のヒップホップやダンスミュージックからサンプリングしたと思しき意味をなさない声の断片がちりばめられた、謎の音楽に超進化を遂げていたのです。

検索ワードを駆使してこの謎に包まれたダンスミュージックのことを調べるも、日本語はおろか英語での情報も全くと言っていいほど出てきませんでした。なので、仕方なく意味が分からないインドネシア語の単語をコピー&ペースト&グーグル翻訳を使って調べていくと、どうやら現地のディスコでこれらは〝HOUSE MUSIC〟や〝FUNKY HOUSE〟〝FUNKY

KOTA〟と呼ばれていて、呼び方は一定ではなかったのですが確実にそういうシーンが存在するということが分かってきました。

あまりにこの音楽が面白く魅力的だったので、一人で盛り上がりまくって盛んにブログやSNSで紹介しまくっていたところ、宇多丸さんに声をかけていただいて、TBSラジオ『ライムスター宇多丸のウィークエンド・シャッフル』（通称『タマフル』）に初出演することとなったのです。

これが特集企画「〈地球の踊り方〉世界のクラブ事情レポート第一弾～スットコドッコイ・インドネシア編　謎のクラブミュージック・ファンキーコタ特集」で、有り難いことに番組史上最多のメールが届くなど反響がすさまじかったらしく、そしてなぜか僕のお喋りも評価をいただき、後のTBSラジオ『ザ・トップ5』のレギュラー出演にも繋がっていきました。

自分では喋りがイケてるなどとは全く思ったことがなかったので、『ザ・トップ5』のお話をいただいた時はあまりのことに「俺には無理ですよ！」と一回お断りした覚えがありますが……人生とは本当に不思議なものです。

とにもかくにもこの『タマフル』出演をきっかけに、あらゆるメディアに取り上げていただき、なおかつ『タマフル』のリスナーだったユニバーサルミュージックの寺嶋真悟さんのおかげで三七歳にして遅いメジャーデビューを果たし、更にラジオのレギュラーまでいただいてしまうという、完全に人生にブーストがかかった六年間でした。

むちゃくちゃに露出し、あらゆる仕事をこなしたおかげで、ファンコットは完全なゼロの状態からこの六年間で恐るべき勢いで拡散していき、そのシーンというべきものを規模は小さいながらも確立しました。日本では現在、クラブミュージックが好きなある程度アンテナの高い人ならファンコットという名前は知っているはずです。アジア生まれのダンスミュージックが、個人の発見で欧米シーンを全く介さずここまで日本で広がったという事例は、後にも先にも恐らくファンコットだけなのではないでしょうか。

僕は本当にここしばらくはファンコットが人生の全てでしたし、むしろ俺がファンコットなんじゃないか？　と思うほどでした。

なのでアシパンでのイベントがヌルくなっていったのは、あまりに自分がファンコットに傾倒していったという原因がデカいですね。そしてこういう生活に限界が来ていた時に起きたのが、皆さんご存知の事件です……。

と、長い自己紹介になってしまいましたが、僕は「興味があることはとことん突き詰める」「危ないことも悪い（とされている）ことも、面白そうだったらやってみたくなる」という人間なので、今回の件はその性格が災いしたということもあるのかもしれませんね。と、他人事のように言ってますが……。

第一章　トメノート

留置場生活の始まり

いよいよ三九番こと、俺の留置場生活が始まることになった。

とは言うものの、何しろこちらは初めての逮捕経験であるし、昨夜の午前三時の逮捕から今朝までの刑事の取り調べに加え、先ほどの身体検査では我がムスコの包皮の中まで調べられており、心も身体も文字通りズタボロである。

身体検査後、カバンから財布の中身から何から何まで全部ブチまけられ、パンツとTシャツ以外の持ち物全てを没収され、ドブネズミ色のスウェットとジャージのズボンに着替えさせられた。これはテレビでよく見るような「犯罪者ファッションといえばコレ！」というスタイルだ。

また、タオル、歯磨き粉、歯ブラシ、プラスチックのコップ、石鹸、シャンプーなどの〝留置場アメニティグッズ〟的な物を「ハイ、じゃあこれ買ってもらうから。一二五〇円」と強制的に買わされた。まさに地獄の沙汰も金次第。これらは逮捕時に所持していた現金の中から差っ引かれるようだ。逮捕時にお金を持っていなかった人はどうするのかなとも思ったが、これはその後に分かることになる。

それから、何時にメシだ、何時に消灯だ、起床だ、何時に運動だ、何時に点検があるなどの説明と、『留置場生活のしおり』みたいな冊子を見せられた覚えがあるが、この風雲急を告げるような状況では、そんなことはちっとも頭に入ってきやしない。とりあえず、ガタイと被疑者に対する態度がＸＸＸＬサイズの若い担当官（中世ヨーロッパの監獄で言うところの獄卒）の促しによって居室（中世ヨーロッパで言うところの牢獄）に連れて行かれたのが、午前九時頃だったろうか。あちらさんにとっては日常の流れ作業みたいなものなのだろうが、こちとら今置かれている状況がよく分からないままに〝ブタ箱にブチ込まれ〟体験に突入したのだ。

この間に思ったことは、「下級市民落ちしたな〜」ということだけだ。

それから担当官の一人に「ここにいる人間は基本的に犯罪を行った悪い奴で、中には暴力団の人間もいる。だから、自分のやったことや自分自身については細かく話さない方がいいし、変に仲良くしたりしない方がいい」と言われた記憶がある。

いつまで続くか分からない共同生活の中、誰も信じちゃいけないし、仲良くしてもいけない、そういうことなのか。恐ろしい、と思った。

俺こと三九番が入るのは第八居室、いわゆる雑居房というやつである。

映画やドラマで見るように、〝檻の中〟の人間は〝新入り〟がどんな人間なのかが気になるらしい。廊下を歩いて房に向かっていくと、檻の中の人間達がジロジロとこちらを見ているのが分かる。これは中に入って経験して分かることだが、留置場の生活に慣れてくると、毎日ほとんど刺激がない。なので入ってくる新入りがどんな奴かと注目するぐらいしか楽しみがないのであった。だから自分も新入りが来た時はジロジロと見てしまった。

檻の中に入れられ、担当官に「これからここに入る三九番だ。初めてなので色々教えてやってくれ」と紹介される。

「色々教えるってアレか？　新人歓迎的な洗礼の儀式的なアレか？　まずは先輩によるリンチとかがあるのか？　こ、こえぇ～！」

第八居室には〝先輩〟が三人いた。一人は全てを見透かしたような目をした、妙な貫禄がある三〇代半ばと思われる中肉中背の男性〝三八番〟。もう一人は眼鏡をかけており、風邪なのか病気予防なのかマスクをしていて顔はよく見えないが、やや目に険のある三〇代前半くらいの男性〝一〇番〟。もう一人は明らかに日本人ではない東南アジア系の青年〝二八番〟。それぞれ雑誌や小説を読んでいる。「失礼します。これからお世話になります。よろしくお願いします」と挨拶をする。それぞれ「よろしくお願いします」と答えてくれる。

これは、いきなりリンチとかではなさそうだ。とはいえ、どんなにヤバくて怖い人達なのかも分からないので、ここで睨まれれば今後の生活に支障を来たすだろう。これから何日続くかも分からない地獄のごとき生活を大地獄にしないためにも、共同生活者に嫌われてはならないことぐらいは分かる。〝男は愛嬌、人間は礼儀から〟をモットーに乗り切らなくてはと、腐っても逮捕されても〝おもしろおじさん〟的スタンスを貫こうと決心する。

居室の広さは八畳くらいだろうか。全体的に白っぽい色で統一され、『独居房の夜』のサビ「鉄格子の上は金網」の通り、廊下に面する部分は鉄格子と金網によってしっかり囲われている。床は絨毯張りで「暑苦しいナイロン畳」ではない。椅子、机などの家具類は一切なく、ただただ絨毯張りである。奥の方にトイレと思しき個室がある。

そもそもこの時点では留置場と拘置所と刑務所の違いすらも分かっていなかったし、〝監獄モノ〟といえば羅王氏の『独居房の夜』や、安部譲二原作の漫画でアニメ化もされていて、偶然ハマって最近までHuluで観ていた『RAINBOW 二舎六房の七人』とか、古くは八〇年代のチョウ・ユンファ主演の香港映画『監獄風雲（邦題『プリズン・オン・ファイアー』）』くらいの知識しかない。監獄モノで有名な米ドラマ『プリズン・ブレイク』は観たことがなかった。とはいえ『独居房の夜』にしても『RAINBOW 二舎六房の七人』にしても、やたら昨今〝監獄モノ〟に強く惹かれていたのは、こうなることを無意識に予感していたからだったのだろうか。とにもかくにも皮肉なものである。

自己紹介の後、空いているスペースに腰を下ろす。

「初めてだってね？　どっかの組にいるの？」と、一〇番の眼鏡の男が話しかけてくる。話しぶりからして、この人は〝上級者〟だろうな。

「何やって入ったの？」「どこに住んでるの？」「仕事は？」「結婚してるの？」と色々なことを根掘り葉掘り聞いてくる人物で、割と親しく話しかけてくる感じの人だった。本人は「事務所が渋谷にある会社員」と言っていたが、現役でなくても〝本職〟なんだろうな、と思わせる人物だった。

自分のことを話すなと担当官には言われたが、大まかなことぐらいはいいだろうし、これで答えなくて変な雰囲気になっても嫌だと思ったので、細かくは言わないものの、大麻所持で捕まったこと、渋谷で店をやっていること、初めての逮捕であることなど、ある程度は正直に答えた。

一〇番「ふーん、クサねえ。ツイてなかったねえ。渋谷、最近多いんだよ。初犯だったらヨンパチ終わって、一〇日勾留からの更に一〇日勾留延長で起訴されて執行猶予だねえ。二二日間くらいだわ」
俺「はぁ……初めてのことなんで、よく分からないことだらけで……（ヨンパチって『独居房の夜』で聴いたことあるな。二二日間か……果たして長いのか短いのかも分からない）」
一〇番「まぁクサで初犯は執行猶予つくし、大したことねえよ。死ぬことねえんだし、どうせ二二日は出られないんだから楽しくやろうや」
俺「ポジティブっすね（ああ、これは上級者確定だ）」
一〇番「俺は二〇代で五年ムショ入ってるからね。留置場なんてホテルと同じだよ」
俺「さすがっすね（気楽だなあ）」

ここで〝ヨンパチ〟について説明しよう。
あなたが警察に逮捕された時の〝明日は我が身〟的な豆知識として知っておいて欲しいのが刑事訴訟法第二〇三条で、「留置の必要があると思料するときは被疑者が身体を拘束された時から四十八時間以内に書類及び証拠物とともにこれを検察官に送致する手続をしなければならない」とあり、原則として逮捕時から四八時間以内に、被疑者を釈放するか、事件を被疑者の身柄つきで検察に送る〝送検〟かを判断しなければならない。その四八時間をタイムリミットとして「こいつは犯罪を行ったことにほぼ間違いない。あとは検察の判断に任せよう」と認識した場合には検察に送致し、犯罪事実がない場合もしくは犯罪事実があっても軽微な場合は、この四八時間で釈放されることになっている。

この逮捕後の四八時間勾留を、俗称〝ヨンパチ〟という。

つまり、警察によって「逮捕！」となれば、まずは最低でもこのヨンパチは身柄を留置場に拘束されるということである。

とはいえ、ヨンパチで釈放されるのは軽犯罪法違反か迷惑防止条例違反くらいなもので、通常は四八時間で事件の大筋を取り調べ、検察官によってその大筋の確認の調書がとられた後、裁判所に一〇日間の勾留請求をされて事件の細部の調書をとられる。しかし、その一〇日間というのも有名無実で、必ずもう一〇日間の勾留延長、計二二日の勾留時間があり起訴、不起訴、起訴猶予などが決定されるのだ。

だから、とりあえず警察にパクられたら、よっぽどの軽い犯罪でない限りは基本的に二二日間の勾留は覚悟した方がいいということだ。
一〇番は担当官が見ていないのを見計らって壁をコツコツと叩く。隣の部屋の被留置者の一人が「もしもし」と反応する。鉄格子側に立って、呼びかけに答えた被留置者と声だけで会話をしている。
隣「ちぃーす。新入り三九番、どんな人っすか？　現役？」
一〇番「いや、カタギっすね。見た目イカツいけど」
隣「そうなんですね。見た目イカツいから、現役かと思ったんすけど。何やったんすか？」
一〇番「いや、違いますね。クサだそうです。むしろ癒し系って感じっすね」
隣「そうなんすね。見た目俺に似てますよね」
一〇番「ハハハ！　そっくりですね！　じゃ、また後で電話します。ちぃーす」
壁を叩いて隣の部屋の被留置者と話すことを〝電話〟と言うらしいこと、こうして〝新入り〟の情報は広まっていくのだということ、そして隣の部屋には俺に似ている被留置者がいるらしいことが分かった。

とりあえず俺は癒し系と認識されたようだ。俺が果たして本当に癒し系なのかはともかくとして、ひとまず敵意を持たれていないことが伝わったので胸を撫で下ろした。いきなりカマしたりしないで良かった。世の中、何事も穏便に、平和にが一番だ。

三八番は黙って雑誌を眺めている。二八番の東南アジア系の青年（後にベトナム人と分かった）は、興味がないのか日本語が分からないのかただただ寝転がっている。

一〇番は沈黙が苦手らしく、とにかく常に誰かしらと話をしているし、担当官にも愛想がよく気に入られている。三八番と話している内容は、明らかに我々とは違う社会の話で、どこの組がどうだとか、最近このシノギが、なんて裏社会の情報交換めいた話をしている。

「ああ、これは本職だ……」

一〇番は人の事情を詮索するのも好きだが自分の話をするのも大好きなようで、昔の武勇伝の数々や、今回の自分が入っている事件のことを悪びれず、むしろ誇示するかのように語る。

不良が過去のワル自慢をしたり、戦争に行った老人が「いやぁ、昔は露助共を撃ち殺したもんだよ！」などと、その頃の戦争経験を誇らしげに語るというのはよくあるけど、まさにそれに近いものだと思う。

一〇番は本当にイケイケのハードコアで、「俺は二〇代前半で薬物と傷害で捕まって五年入ってた。怖いものはない」「俺の自由を奪おうとするものには容赦しない。誰であろうと潰してきた」「俺はシャバにいる時は、シャブを打って猛烈に働いている。全然寝ない。吐血しながら常に全力で走り続けてる。そういう生き方しかできない。だから、ここでの生活は俺にとっては休みみたいなものだ」とか「俺には女がいるが、その女が浮気をしている。ここから出たら俺を裏切った女を締め上げて必ず金を巻き上げてやる」みたいな話を実名をバンバン挙げて話してくれる。

その話が全部凄いので、こちらも「凄いっすね〜」「ヤバいっすね〜」とひたすら返すのみだ。だって本当にとんでもない凄い話しか出てこないのだから。かと思えば、ベトナム人の青年が何かをするたびに「てめぇ、この発展途上国が！　早く日本から出ていけよ！」と怒鳴る。いわゆるヘイトスピーチとかそういったスタンスは自分は賛同できないし、正直そういったことには反対意見を持ってはいるのだが、彼を庇《かば》ってヘタなことを言って、怒りの矛先が自分に向いたりすることを考えると正直怖いので、愛想笑いをする他なかった。一〇番の彼がいなくなったら、せめて自分はこのドン・キホーテで万引きをして捕まったベトナム人の青年には親切にしようと思った。すまん。

一〇番は今回、駅で駅員に暴行を働いたという疑いでここにいるそうだ。話を聞くと手が当たっただけらしいのだが、前科があることもあってここにしょっ引かれて来たらしく、本人もすぐ釈放だろうということだった。彼の破滅的で刺激的な話は面白いところもたくさんあるが、独特のイケイケなスタンスもあってか、話を聞くのにも緊張感があった。絶対に敵に回したくないタイプである。

そして物静かで落ち着いた印象のある三八番氏。この人は全国で一二億円にも及ぶ被害を出した振り込め詐欺グループの幹部クラスで、いわゆる半グレという区分に入る人なんだろう。もちろん過去にはたくさんヤンチャもしていただろうし、お金も儲けている。一〇番も彼にはリスペクトを持って接していたように思う。事件が事件なだけに警察も躍起になって捜査し余罪を追及しているためか、長い勾留が続いていて、ここには既に一三〇日以上もいるベテランだ。あまりにも手口が巧妙かつ完璧すぎて、被害者のほとんどが騙されたこと自体に気付かず、被害届が五件、およそ二〇〇〇万円分の詐欺の証拠しか出ていないらしい。とはいえ、詐欺などの罪は基本的に勾留期間が長くなるのだという。歳は俺よりも少し若いくらいだが、裏社会での経験も非常に長く、留置場生活のこと、警察のこと、裁判のこと、裏社会のあらゆる知識に通じていて、正直もの凄くお世話になった人である。この場を借りて感謝したい。

自分がこういった体験が初めてであること、不安であることを話すと、自分の勾留期間の長さを自嘲したり、冗談交じりにアドバイスをくれたりした。担当官にも気に入られており、担当官によっては〝室長〟と呼ばれるくらいである。

もう一人が二八番。ベトナム人、二二歳の青年。通称サンちゃん。彼は日本語学校に通っていたらしいが、二年間勉強していたとは思えないくらい日本語が不自由で、英語もほとんど分からないことから意思疎通が非常に困難だ。どうやら実家が医者で金持ちらしく、要するに留学という名目で単に日本に遊びに来ていたという東南アジアのボンボンである。お坊ちゃん育ちにありがちな、お人好しな性格なのだろう。不法滞在していた不良ベトナム人の友達にそそのかされ、渋谷のドン・キホーテで五〇〇〇円ぐらいする何かは分からない薬を五つ、約二万五千円相当を万引きする手伝いをし、その場で店員に取り押さえられ、窃盗罪で逮捕。この渋谷警察署留置場に勾留されている。

外国人ではあるが、俺と同様いわゆる裏社会の人間ではないのと、お人好しで優しい性格のため安心感があった。ただ、外国人ということで一〇番や担当官から目を付けられ、何かと苛められていた。俺はインドネシアもそうだが、アジア全般にシンパシーを感じている人間なので彼の話を根気よく聞いていたため、それなりに懐かれていたと思う。

彼らに俺を加えた四名、これが渋谷警察署留置場第八居室のその時点でのメンバーである。

二三日間にわたる勾留生活がどのようなものだったのか、これから順に語っていきたいと思う。

留置初夜と当番弁護士

留置場に入り、最初の四八時間の拘束期間が始まった。通称〝ヨンパチ〟の期間である。この期間は面会はもちろん外部への接触ができない。自分がここにいることを外に伝える術がない。世間からすると、まさに神隠しに遭った状態である。

初めての留置場入りで精神的にも肉体的にも一番厳しい期間は、このヨンパチだと言える。この間は、後に説明する〝自弁《じべん》〟も〝官本《かんぽん》〟も使えないから、気晴らしの類は一切ない。

昼食のパン食を済ませ、一〇番の武勇伝や裏社会の話を聞いたりしているうちに夕食（夕方五時）となる。

その後も雑談をしていると、あっという間に夜が訪れた。

留置場の就寝時間は夜九時。今どき小学生でもこんなに早くは寝ないだろう。ちなみに起床は朝六時。早寝早起きとはこのことだが、健康のために自ら望んでしているわけではない。数日間は精神的な不安もあって、眠ることは難しい。

布団に入り会話がなくなると、ディープな時間がやってくる。「俺は何をやっているのだろう」「いつまでここにいるのだろう」という気持ちが湧いてくる。外の世界ではあまり聞くことのない怒鳴り声での命令口調の行動指示、時間も内容も決められた食事、留置場から取調室に向かう時にされる手錠と腰縄。一緒に過ごす人間達。全てが日常とは違う別世界である。

そして外界とは連絡を遮断されているので、自分が逮捕されてここにいることを伝えることができない。これがかなり効く。案の定、外では俺が行方不明になっていると大騒ぎになっていたらしい。

一体、周りにどれだけ心配をかけていることだろう。そして自分には、やりかけの仕事がたくさんあったことを思い出した。多くの人に迷惑をかけることになっているだろう。

これは逮捕勾留されてみないと分からないことだが、〝自分が犯してしまったことへの後悔と反省〟は、このヨンパチを含めた数日間に嫌と言うほど味わうことになった。そして、こんな夜がこれから二二日間も続くと思うと絶望の淵に立たされた。「やっぱり法律を破るとシャレにならんなあ……冗談じゃ済まされないなあ」と実感するのである。とめどもなく頭に浮かんでくる、不安と後悔と反省の念。

夜九時の就寝時間は過ぎているが、留置場の居室は蛍光灯が煌々と冷たい光を放っている。担当官の見廻り時に牢の中が見やすいようにする目的と、自殺や迷惑行為を起こさないようにとの配慮だろう。この明るさに慣れるのもなかなか辛い。

何とかして外に自分の状況を伝える術はないのか、と考えあぐね、初日の就寝前に〝先輩〟達に相談してみた。

もちろん電話をかけさせてもらうことは不可能。だが、とりあえずの連絡は、二日後くらいに行われる裁判所の勾留質問の時に、誰かに電話連絡してもらえるとのこと。しかしそれでは遅い。それによく考えたら電話番号が一つも分からない。皆さんもそうだろうが、最近はスマートフォンや携帯電話の電話帳にまかせっきりで、身内の電話番号ですら全く覚えていないのだ。

携帯電話はここに入る前の取り調べで、刑事に任意提出の証拠品として取り上げられている。

皆さんはこういう時のために、一番身近な人の電話番号ぐらいは覚えておいた方がいいと思う。

そんなわけで、取り調べ時に刑事に「番号を確認させてくれ」と頼んだとしても、「証拠隠滅の恐れアリ」として触れさせてくれないだろうから、最速で自分の消息を伝える方法は何か。とりあえず自分の住所は覚えている。自宅では彼女と同棲していたので、まずそこに消息を伝えたい、と考えた。

「住所が分かるなら手はある」と室長は教えてくれた。

室長「留置場に拘束されている被疑者は、いつ何時でも弁護士を呼ぶ権利があるから、弁護士を使って身内に連絡をしてもらう方法がある。ただ、電話番号が分からないんだったら、すぐに伝える方法だとすると電報しかない。弁護士を呼んで電報を頼むんだね」

俺「でも、俺、知り合いの弁護士とかいないし、そもそも外部に連絡が取れないのに、弁護士なんてどうやって呼ぶんですか？」

室長「留置場で拘束中の被疑者はヨンパチの期間中だろうが就寝時間中だろうが、弁護士を呼ぶことができる権利が保障されているのさ。決まった弁護士が現時点でいなくても、弁護士協会に当番弁護士というのが常駐していて、担当官に言って呼び出せばその日の当番で入っている弁護士が来てくれるよ。当番弁護士の接見を希望しますと担当官に頼めばいい。どんな奴が来るかは分からないし、基本、当番で入ってる奴だから、やる気はないけども、パシリを頼むくらいはできるから」

俺「なるほど。とりあえず担当官に頼めばいいんですね」

室長の助言により、恐る恐る担当官に呼びかけて当番弁護士の接見を願い出てみることにした。

担当官は「あ？　当番弁護士？　分かった。連絡してみるけど、もうこんな時間だから今夜は来ないかもしれないぞ」と、いかにも面倒くさそうに願いを聞き入れた。「身勝手なマネはするんじゃねえぞ」と入る時に怒られたのだが、夜中に弁護士を呼ぶことは〝身勝手〟に含まれないらしい。どうやら室長の言う通り、本当に被疑者からの弁護士接見の請求は断ることができないようである。

担当官が連絡を終えて戻ってくる。

「三九番、二三時頃に当番弁護士先生が来てくださるらしいから、待ってるように」

当番弁護士が来てくれるらしい。こんな制度も先輩達に教えてもらわなかったら分からなかったことだ。

俺「当番弁護士の先生、来てくれるそうです！」

室長「でしょう。まぁ初めてパクられると、こういうことも分からないからねえ。分かることなら答えるから、何でも聞いてよ」

俺「お世話になります」

どんなところにも親切な人はいるもんだよ。というわけで数十分後、当番弁護士の先生が到着した。

担当官に「三九番、弁護士接見」と声をかけられ、留置場の入り口近くの面会室に通される。面会室は皆さんも映画やテレビで見たことがあるだろう、被疑者と面会人の間が穴の開いたアクリル板で仕切られた、アレである。

通常の面会だと話の内容を監視するために担当官が横につくのだが、弁護士との接見は担当官がつかず、基本何を話していても大丈夫である。だから外の情報、共犯者の情報や取り調べの対策、時に証拠隠滅の打ち合わせまで、周囲を気にせず話すことができるのだ。人生で不幸にも被疑者になってしまった場合に、国に権利として認められているただ一人の味方なのである。

面会室に入ると、既に当番弁護士がアクリル板の向こうにいた。

当番弁護士は、飄々とした中年男性であった。俺は自分が逮捕された理由と、外に何とか連絡を取りたいのだが、携帯電話が押収されており電話番号が分からないので、住所に電報を打って欲しい旨を伝える。

弁護士によると「ちょっと電報は難しいけど、速達でハガキを送ることならできるよ。明日の朝に出せば明後日には届くだろう」ということだったので、とりあえずそれでも今はこれしか外に連絡する手段がないので、藁にもすがる思いで自分の住所を伝え、自分がこういうことで逮捕されて渋谷警察署にいるという内容のハガキを送ってもらうことにした。

弁護士「相談はそれだけですか？　もう選任の弁護士とか決まってます？」

俺「（これは選任弁護士の営業？　どのくらい費用がかかるものなんだろう？　でも、もう地獄にホトケというか、まぁここで出会ったのも何かの縁だし、この人にお願いしてもいいのかも）いや、特に知り合いの弁護士とかもいないので……」

弁護士「じゃあ、私がここで選任をお断りします、という証明書を出しておきましょう」

俺「え⁉　どういうことですか？（弁護士を選任する前に断られてしまうとは、俺の風体があまりにも悪人なので、弁護しても仕方がないと思ったのか？　冷たい弁護士さんだなあ……）」

弁護士「ここで私が選任を断ったという証明書があれば、国選弁護士をつけられるんですよ。私選弁護士を頼むと結構費用がかかるので、このくらいの事件だったら判決も決まっているようなものなので、国選弁護士をつけた方がいいですよ。ある程度貯金があったりすると私選弁護士を選ばなきゃいけないことになっちゃうんですけど、この証明書があれば国選を頼めますから」

俺「……は、はぁ。それじゃあお願いします（どうやらこの弁護士は俺のためを思って、頼んでもいないのに選任を断ると言ってるわけか。いまいち実感も湧かないし意味も分からないけど、言う通りにしておくか）」

弁護士「じゃあ証明書を書いておくので、それを取っておいてください。国選弁護士を頼む時に一緒に提出すればいいですよ」
俺「はい、分かりました。とりあえず連絡の方、くれぐれもよろしくお願いします」
弁護士「分かりました。明日の朝送っておきます」

弁護士の接見が終わり、面会終了の合図であるドアを二回ノックすると担当官が迎えに来て、また第八居室に戻された。

室長「弁護士、電報打ってくれるって?」
俺「電報は無理だって言ってたんで、ハガキを速達で送ってもらうことにしました」
室長「電報打てるはずなんだけどなー。そいつ面倒くさがったんじゃないかな。まぁ当番弁護士だからなあ」
俺「まぁ何もしないよりマシですから。あと、選任弁護士を断られました」
室長「え? そうなの? 選任頼んだの?」
俺「いや、頼んでいないのに断られて。何か証明書があると国選弁護士を頼めるんだそうです」
室長「そうなんだ。俺、国選弁護士を頼んだことないからそれはよく分からないな。ひとまず今日中に手を打てることは打てたから安心したんじゃないの？　まあ国選弁護士だったら費用安いんで、当番がそう言ってるならそれはいいことじゃないかな」
俺「ハァ……助かりました」
室長「明日は朝から順送《じゅんそう》だから辛いよ。もう寝た方がいいですよ。寝られないと思うけど」
実際のところ何一つ安心していないのだが、何もできない状況からひとまず手を打つことができた。ところで順送って何だろう？　と思ったけど、よく考えたら昨夜から一睡もしていなかったので、急に疲れと眠気が襲ってきた。
願わくばこれが悪い夢であって欲しいし、目が覚めたら自宅だった、みたいな都合のいいことは起きないだろうか、などと考えてるうちに、留置場のせんべい布団で眠りについていた。

「雑居房の夜」の話

「雑居房の夜」なんてタイトルを、羅王氏の名曲『独居房の夜』にかけて付けているのだが、留置場では実は〝房《ぼう》〟とは呼んでいない。〝第〇居室〟という言い方をする。刑務所は今でも房って言ってるのかな？　懲罰房とか。房って言い方の方が非日常感が凄い。〝ドッキョボウ〟とか〝ザッキョボウ〟って、語感としてかなりワイルドだし、〝クサいメシ〟にしても〝ガラウケ（身元引受人）〟にしても〝オヤジ（刑務所の看守）〟にしても、かなりのアウトロー感溢れるガサツでぶっきらぼうな専門用語であり、普通にそういう言葉が飛び交ってるっていうのはなかなか表社会では経験できないので、不謹慎ながらもゾクゾクするものがある。

さて、ここでは留置場での寝泊まりの話をするとしよう。留置場での就寝時間は夜九時。ちなみに起床時間は朝六時なので、睡眠時間として割り当てられているのは九時間。自分はここ一〇年近く、朝に寝て昼頃起きるという夜型生活の上に、平均睡眠時間は五、六時間だったので、これには本当に参ってしまった。精神状態も酷いうえに、昼間だって寝転がって読書してるだけだから、肉体的に疲れてもいないし、どう考えてもそんなに寝られるわけがない。

　夜八時頃になると、担当官の「就寝準備ィイイイイ！」という声に促されて、各居室の鍵が順番に開けられて、布団置き場に布団を各自取りに行く。自分の留置番号の棚に布団と毛布二枚、枕があるので、それを抱えて居室に持ち帰る。この時点ではまだ布団は畳んだままで置いておく。

　布団を運び終えると洗面の時間。学校でおなじみの廊下にある横長の洗面台で、これも部屋ごとに呼び出されて歯磨き、洗面を行うのだが、この時タオルを首にかけているとなぜか「コラァ！　首にかけるんじゃない！」と怒鳴られるので注意が必要だ。

　若者から中年から爺さんまで横並びになって洗面するという経験は、〝ザ・共同生活〟って感じで、大人になるとなかなか体験できないので、これも懐かしいような新鮮な気持ちではある。

　歯磨き中に水道水を出しっぱなしにして怒鳴られるということはなかったが、刑務所ではすげえ怒られるそうである。こういうことは結構あって、逆に〝留置場では怒られるけど、刑務所では怒られない〟こともあるらしく、厳しさの基準が分からない。

　洗面が終わって居室に入ると就寝前の点検。点検についても後で詳しく話をしたいが、点検というものは担当官が最も気合いを入れる部分で、ここぞとばかりに張り切るのだが、こっちは慣れてくると「もう寝るのに。うるせえなコイツらは」ぐらいにしか思わない。

布団の敷き方は各部屋まちまちで、部屋の奥から四人が川の字で寝る部屋もあれば、我が第八居室のように、中心に足を向けて寝るところもある。布団の並べ方にルールはないようで、特に担当官からの注意はない。

いよいよ九時になると就寝時間だが、自殺を防いだり、不慮の事故やホモ行為、オナニーする奴がいないように、みたいな色々な理由があるのだろうと思うが、八本ある蛍光灯の一本が煌々と点灯したままなのだ。全然暗くない。

俺は寝る時は暗くしないと寝付けないタイプなので、これに慣れるのは大変だった。慣れないうちは全然寝付けない。もちろん就寝時間中は喋ることもできないし、本を読むこともできない。しかも九時間もある。自分のやってしまったことを反省する、迷惑をかけた人達のことを考える、自分が何者なのか、これから前科者として生きる自分の人生はどうなってしまうのか、一生出られないんじゃないか、あの人達に見捨てられるんじゃないか……ネガティブ思考の波が頭の中を駆け巡る。この夜の時間は本当に苦しく辛いものだった。が、明け方過ぎるといつの間にか寝ていた、なんてことはよくあった。

元来、争い事は嫌いなタイプだし、努めて揉めないように振る舞うので、共同生活に向いてないタイプというわけではないのだが、一つ大きな問題があった。苦労したというか、一番どうしようもなく気を遣ったのが〝イビキ問題〟だ。どうやら俺のイビキはかなりすさまじいらしい。前から同居人に「たまに無呼吸になってる」と言われることがあったのだが、どうやら留置場の廊下に響き渡るレベルだということで、これは結構な問題だった。

留置されてからの二日間は、かなりイケイケかつオラオラのアウトロ一な被留置者一〇番が同室だったので、この男に自分のイビキが原因で「てめえうるせえんだよ！」と恫喝されてしまったのだ。これは怖かった！　アウトローに詰め寄られる怖さ！　これにはひたすら平謝りしかないわけで、謝り倒しつつ解決の糸口を探る他はない。

で、当面の対策として、〝仰向け以外の横向き、うつ伏せなど、寝るポジションを工夫してみる〟〝イビキをかいたら起こされる〟というルールを作って納得してもらった。我が第八居室の特別ルールである。

もちろん悪気があってイビキをかいてるわけではないのだが、そもそも迷惑だというのは分かる。ただ、共同生活者に気の短いアウトローがいたりすると、こうしたことでもでっかいトラブルになることがあるので、イビキをかく人は逮捕されない方がいい。というか、イビキをかかなくても、もちろん逮捕はされない方がいいけど。

うつ伏せでイビキが防げることは分かったのだが、この体勢で寝ると非常に寝苦しい。なので、二二日間、夜になるのがただただ憂鬱であった。その〝イビキルール〟は自分が出る日まで適用されていたので、一晩に三、四回、多い時は五回以上も足首を掴まれて起こされるという日々が続いた。この調子で拘置所や刑務所に行っていたら、部屋のメンツの取り合わせによっては命がなかったかもしれない。

幸運なことに、一〇番は自分が留置されて三日目に釈放となったので、最初の三日間以降はピリピリせずに済んだのが唯一の救いであった。とはいえ、終盤は起こされることにも慣れてくるもので関係なく寝ていたのだが、朝起きた時に周りが眠そうにしていると申し訳なく思った。

ちなみに恐怖の一〇番がいなくなったあと、それはそれは気合いの入った見た目の、五〇代の現役本職の方が我が第八居室に入室してきた。すぐに〝ボス〟と呼ばれるようになるのだが、ボスはその見た目に反してとても明るくひょうきんな人物で、一〇番出所後の第八居室は割と平和に過ぎていくことになる。

クサいメシとの遭遇【パート1】

『天才バカボン』の中で目ン玉つながりのおまわりさんが「タイホする！」と言いながらピストルを発砲するシーンは有名だが、他にも他人を恫喝する時に「クサいメシ食わせたろか！」というセリフもある。これは、刑務所や拘置所の食事に出てくるご飯が麦飯で独特の匂いがすることから、〝クサいメシ〟と呼ばれるようになったらしい。現在は麦飯ではないらしいが、語感のワイルドさが凄いので、俺が約二〇日間にわたって食べることになった食事も〝クサいメシ〟と呼ぶことにする。

逮捕後すぐに渋谷警察署七階の組織犯罪対策課の取調室に連れていかれ、最初の取り調べが終わった後に初めて出された朝食が、人生初の〝クサいメシ〟との遭遇であった。某一〇〇均コンビニで売られているような二九〇円くらいの弁当のグレードを更に低くしたような、まさに〝エサ以上メシ未満〟といった感じのものだった。「凄いチープさだ！　これが噂に聞くクサいメシか……。でも普通の匂いだな」が最初の感想だ。コンビニ弁当のような容器の下面には〝ガチ弁〟の文字が。ガチ弁とはなんだ？　よく分からない。後で調べてみると〝中央化学　CTガチ弁　IK23-17E2　黒　本体（L）・蓋セット〟という物だった。「低価格お弁当に対応した容器です」という説明があり、なるほどな、と思った。のりたま風のふりかけがかろうじて（〇・二gくらい）かかった冷や飯に、中身がパッサパサで衣の湿った四センチ×三センチくらいの白身魚のフライが一片。そしてピンク色をした恐らく大根の漬物が二切れ。付け合わせは覚えてないが、ほうれん草とミックスベジタブルが申し訳程度に入っていた。

これは凄い……見たことのないチープさだ。ただでさえ逮捕、取り調べで身体も精神も衰弱し切っているところへ、「メシあるから、食べて」と出されたそのインパクトたるや。「これがお前のような、下級市民には相応しい」と言わんばかりの貧相な弁当は、これから始まる留置場生活のダークさを物語っているようだった。そして、見たこともない小ささのプラスチックの湯のみに茶が出された。「奴隷とか捕虜って、こういう感じなんだろうな～」と、我が身にこれから訪れるであろう苦難の日々を十分に予感させるクサいメシとの遭遇であった。

これ以上ないダークな気分の中、「食べておかないと、これからの生活に耐えられないんだろうな……」と観念して、冷たくベトついた冷や飯と味気ない白身魚フライ（ソース、醤油などの調味料なし）をモソモソと口に運んだ。これが三食続くんだったら、出る頃にはすげえ痩せてんだろうなあ……とも思った。

　後で分かることだが、取調室で出されたクサいメシは、本来留置場で出る食事からいくらかの要素を抜いた物であることが分かった。

　留置場の一般的な朝食は先ほどのガチ弁と全く変わらないのだが、そこに一応インスタントの味噌汁（小分けにされてるパッケージに入ったもの）と、大きな茶碗で温かいお茶（おかわり自由）がつく。そしてソースと醤油が用意されるのである。

　もちろんご飯自体は相変わらずの冷や飯で、申し訳程度のふりかけがかかっているものには違いないのだが、インスタント味噌汁がついているだけでだいぶ印象は違う。しかしメシそのものも、それを食う気持ちから言ってもお世辞にも美味しくはないわけで、味の薄いおかずや味噌汁、時にご飯にも醤油をドバドバかけて誤魔化して腹を満たすのだが、これでも美味しく感じるようになってくればあなたも立派な被疑者だと言えるだろう。

　留置場での単調な生活の中で、クサいメシとはいえやはり食事は大事なイベントであり、本当に数少ない楽しみの一つである。食事の時間は朝食が七時、昼食が一二時、夕食が五時。食事の時間が近づくと、担当官が各居室の鉄格子の差し入れ口にゴザを運んでくる（ゴザなんて一〇年振りくらいに目にしたよ）。そのゴザを差し入れ口から引き入れて、入り口付近に敷く。四人部屋なのでそのゴザを取り囲むように集まる。もちろんテーブルなんてものはないので、このゴザがテーブル代わりである。食事は全てその差し入れ口から担当官の手によって入れられる。基本的に温かい食事は皆無。唯一温かいとされている〝自弁（これは別項で説明する）〟のキツネそば・うどんですら生ぬるい。そう、『北斗の拳』的に言えば、「きさまには地獄すらなまぬるい!!」。

【朝食】

朝六時に「起床ォォォオオオオオ〜！」という担当官の叫びで叩き起こされ、布団を運び出す。居室の掃除を行い、洗面を順番に済ませる。お決まりのゴザが運ばれ、四人であぐらをかいて取り囲む。差し入れ口に一番近いメンバー（第八居室の場合はサンちゃん）が、ガチ弁やお椀を受け取る。インスタント味噌汁のパックを受け取ると、自分で中身をひり出す。この匂いを嗅ぐと「ああ、留置場の朝メシだ」と思うようになる。差し入れ口はちょっとした物が置けるようになっていて、そこにウンコ風の味噌汁の素が入ったお椀を差し出し、お湯を注いでもらう。ラグビーの試合で使われるようなデカいやかんから湯が注がれたお椀を、またメンバーに廻す。メインとなるガチ弁に入った弁当は、シャバ基準で考えるととてつもなくショボい。「こんなのどこで売ってるの？」というレベルである。それが各人に行き渡ると、食卓用の容器（押すとピューッと中身が出てくるやつ）に入った醤油とソースが入れられる。この二つの組み合わせは、通称〝ソーシュー〟である。正しくは〝ソーショー〟だと思うが、言いにくいから〝ソーシュー〟なのだろう。

基本的に留置場メシは味が薄いので、このソーシューを使って味を調整する。第八居室ではこの醤油を味噌汁にドバドバかけるのが流行していた。おかず（フライでもコロッケでも魚でも小さい一切れ）にも、種類に合わせてソースか醤油をかける。サイドにはだいたい切り干し大根、ひじき、キュウリとワカメの酢の物などがあり、十中八九は激マズなので、こちらにも醤油をぶっかけることが多い。室長なんかはご飯にも醤油をかけていた。

皆が一通り味付けを終えると、担当官に「ソーシュー、もう終わった？」と聞かれ、皆が使い終わっていれば次の部屋にソーシューは運ばれる。つまり食べてる途中に味の調整ができないので、一回のチャンスでそれぞれの味を見極めて直感とフィーリングで調整をする必要がある。サン青年は酢の物あたりにソースをかけてしまったことでもあったのか、ビビってソーシューを使わないことが多い。更に、茶碗で温かいお茶も出てくる。基本的に留置場メシで温かいものは先ほどの味噌汁とお茶、それから昼食に出てくる〝お湯〟のみである。

【昼食】

留置場の昼食は基本パン食である。食パンが四枚。不自然に大きなビニール袋に、だいたい八枚切りくらいの厚さの食パンが入っている。それに小中学校の給食に出てきたような袋詰めのマーガリンとイチゴジャム、りんごジャム、ピーナッツペースト、チョコレートペーストの中からランダムに二袋が出てくる。それから一〇センチ四方くらいの大きさの透明の惣菜パックに、しょんぼり感満載のおかずがつく。

内容はウインナーソーセージ一本とケチャップをからめたスパゲッティだとか、チキンナゲット一個にポテトサラダ、変わり種だと冷えてべっちょべちょになったタコ焼きと、輪ゴムみたいな硬さのやたらシナモンっぽい匂いの焼きそばという、夜店チックな組み合わせも登場する（もちろん全部マズい）。

それからシャバでもあまり見かけない〝エルビー〟というメーカーの紙パックジュース。こちらは薬臭い濃縮還元一〇〇パーセントのオレンジジュース、ピーチ、アップル、ヨーグルト風味の乳酸菌飲料がランダムで一つ出てくる。もう飲み物は十分あるっつーのに、更に茶碗に白湯もついてくる。こちらは飲み放題……って、白湯飲み放題って。白湯なんて滅多に飲まないよ！　ワシらは病人か！

　上級者はお湯の中にパン用のペーストを湯せんしておき、塗りやすいように柔らかくすることもある。白湯は飲まずにトイレに流す。

　パンはもちろん高級ダブルソフト！　なんてことは絶対になく、その辺で売ってる安い食パンより更に安い感じの、今どきこんなのどこで売ってるんだという代物だ。この留置場生活の〝うっすらとした不快感〟は、こういうそこかしこに現れているのである。

クサいメシとの遭遇【パート2】自弁編

　留置場から出てきて一番多く人に聞かれたのは食事のことなのだが、これから書く〝自弁〟のことはあまり知られていないと思う。

　留置場の昼食時には、留置場生活最大の楽しみである〝自弁〟というシステムがある。自弁とは、本来自らが費用を負担すること（自腹とも言う）の意味だが、留置場の自弁とは留置場で自動的に支給される昼食（パン食）とは別に、自分で購入できる食事のことである。逮捕時の所持金や差し入れてもらうお金で、通常の留置メシよりも少しはマシなものを食べることができる。料金は一律五〇〇円。朝食、夕食には適用されず、月～金曜日の昼食のみだが、最もシャバに近い味が楽しめるのだ。各曜日三種類ほど用意されていて、その中から一つを選んで注文する。前日の午後に担当官が御用聞きのように各居室を廻って注文を取ってくれる。「八室自弁、明日、鶏から、カツ丼、キツネそば・うどん！」と声をかけてくるので、「三九番、カツ丼お願いします！」と注文する。

渋谷警察署の二〇一五年三月時点の自弁メニューは次の通りである。どのメニューも渋谷警察署内の食堂で作られているとのことなので、恐らくこの署に在籍する警察官もこれと同じものを食べているのだろう。

◎月曜日

【鶏から弁当】

これは自弁の中でも美味しいメニューに属するだろう。鶏の唐揚げはもちろん温かくはないが、ガーリックの風味が結構効いている。冷えてはいるものの湿ってベチョベチョにはなっておらず、それなりに衣にサクサク感が残っている。これが四つと、付け合わせのおかずが多少入っている。ボリュームもそれなりにあり、これは多分温かかったら結構美味しいのだろうと思えるが、コンビニや街の弁当屋だったら五〇〇円はちょっと高い気もする。

【カツ丼】

こちらもなかなかの人気メニューである。長方形の仕切り無しの弁当箱に詰められている。何が嬉しいかと言うと、紅生姜が付いていることだ。こういうパンチの効いた味のものは留置場内ではなかなか食べられないので尚更有り難い。カツ自体にあまり肉感は感じられないが、味は立ち食いそば屋のカツ丼を想像してもらって構わない。こちらも冷えてはいるが、温かかったら五〇〇円でもそれなりに満足できるものだと言える。

【キツネそば・うどん】

こちらは発泡スチロールのどんぶりに油揚げとそば（うどん）が、だし汁がかかってない状態で運ばれてくる。これに担当官が差し入れ口で、魔法瓶に入っただし汁をかけてくれる。一応唯一の留置場の〝温かメニュー〟のはずなのだが、だし汁は正直生ぬるく、温かいというレベルではない。この内容で五〇〇円と考えるとぼったくり感がすさまじく、正直トラップメニューといったところだ。留置期間の長い人は〝ご飯ものに飽きた〟という理由でそれを承知で食べたりもするらしいが、まぁお勧めはできない。

◎火曜日

【鶏照り丼】

渋谷警察署留置場の自弁で、一番マシと言われているのがこの鶏照り丼である。基本的に味が濃くボリューム感のある食事に飢えているので、かなり有り難い。弁当箱に敷き詰められたご飯の上に、脂身の少ない味の濃い鶏肉とキャベツ、もやしなどの野菜炒めが載っている。妥当な市場価格で考えると、四八〇円くらいの感覚だろうか。

【シーフードフライ弁当】

シーフードということでエビフライでも入っているのかな、と思えばそうではなく、普通のイカフライと普通の白身魚のフライが一つずつ、それ以外はまぁお決まりの付け合わせが多少入った、特に華もない普通の弁当だ。もちろん揚げたてだったり、レンジで温めてもらえればそれなりなんだろうが。タルタルソースなどの気の利いたものはついていないので、いつものソーシューを使って味付けをする。ただ、渋谷警察署留置場のメシでは何かにつけてこの白身魚のフライが出てくるから、わざわざ食べなくてもという内容だ。自分で妥当な値段を付けるとしたら三七〇円。

【ミートソーススパゲッティ】

残念ながら（幸いなことに？）、留置期間の関係でこれを食べることはなかった。とはいえ一応どんなものなのかを聞いてみたところ、室長曰く、もちろん温かいわけはなく「普通にマズいですよ」とのこと。自分の勾留期間中、同室の面々も誰も手を出していなかったので、恐らくそういうことなのだろう。

◎水曜日

【鮭のり弁当】

日本全国で弁当の王道とも言える、鮭のり弁。果たして留置場の自弁の鮭のり弁はどんな感じなのかというと、こちらも仕切りの無い弁当箱にご飯が敷いてあり、その上におかか、のりが載っている。そしてその上にちょっと粕漬けっぽい匂いのある、あまり美味しいとは思えない身が硬めの焼き鮭、それからまたしても白身魚のフライである。シーフードフライ弁当に入っていたものと全く同じものだと思われる。某有名弁当店でも四七〇円程度なので、それより内容物が少なくてその値段はねえだろ感はあるが、それでも食パン四枚よりはマシなので頼んでしまうのだ。ちなみにサン青年はのりが食べられないらしく、ご飯から剥がして捨てていた。のり弁なのに！　確かに海外の人から見たら、あの黒い薄っぺらいものが食べ物とは思えないのかもしれない。客観的に見ると結構変な食べ物だよな、のりって。

【カツカレー】

「おいおい！　何てこった！　トンカツとカレーライスが一緒に楽しめるなんて！　嬉しくて気が狂いそうだ！」と、日本人だったら誰もが叫ぶくらい、恐らく嫌いな人はいないであろう食べ物の一つ、カツカレーである。楕円形の左右二つの仕切りに分かれた、ちょっと深めの発泡スチロール容器で出てくる。大きめのスペースにはカレーライスとカツ、もう一つのスペースにはマヨネーズがかかった生野菜のスライスが入っている。よく考えたら自弁でマヨネーズの味が楽しめるのは、これと後に出てくるシーフードカレーだけかもしれない。肝心のカレーライスは、〝日本の家庭のカレーライスの味〟というか、作って二日目の朝に食べる、あのカレーの味である。ニンジンなどの具も結構大きくてゴロゴロ入っている。カツは恐らく月曜日のカツ丼と同じもの。ちょっと成型肉っぽい感じの舌ざわりのアレである。これが三切れ。惜しむらくはやっぱりご飯もカレーも冷めているってことだ。温かかったらそれなりにイケるのではないかなあ。冷たいカレーが許せない人は無理だろう。

【キツネそば・うどん】

渋谷警察署留置場名物のトラップメニューが水曜日にも用意されている。再逮捕、再起訴が続いてしまって、勾留期間が長くなってしまい、自弁で食べるモノがなくなってしまった人や、それでもそばやうどんがどうしても食べたい、という人はどうぞご自由にという感じだろうか。

◎木曜日

【牛丼弁当】

木曜日はなぜか毎回地検に護送されていて自弁が頼めなかったので、あくまでも伝聞でしかないのだが、食べた人によるとカツ丼やシーフードフライ弁当と同じく長方形の仕切り無しの弁当箱にご飯が敷き詰められ、その上に牛肉が、というパターンらしい。牛肉特有の冷えて脂分が白くなっちゃったやつという感じだが、味はまあまあとのこと。これも紅生姜が付いている。冷めた牛丼弁当に五〇〇円は高いよね。

【スパゲッティナポリタン】

こちらも室長による感想になってしまうが、〝普通にマズい〟とのこと。これも自分の勾留期間中、同室の面々が誰も手を出していなかったので、恐らくそういうことなんではなかろうかと推測される。ミートソーススパゲッティと同じだ。

【ハンバーグ弁当】

というわけでこれも食べることができなかったので、誰か逮捕されたら俺の代わりに食べてみて報告して欲しい。嫌だと思うけど。いわゆる湯せんっぽいハンバーグで、まあ、マズいとのこと。

ここまで書いてきて、結局各曜日にトラップメニューがあるので、自弁といってもあまり選択肢がないのではないか、という気がしてきた。まぁ留置場なんでそんなもんだよね。

◎金曜日

【焼肉弁当】

わーい！　焼肉だ！　といっても、シャバでも焼肉なんて滅多に食べられないんだけどね。焼肉弁当、お祭しの通り牛肉ではなくて豚肉。中華料理屋とか定食屋にある〝豚焼肉丼〟だ。タレにつけ込んだバラ肉がご飯の上に野菜炒めと一緒に載っている、というもの。鶏照り丼の鶏肉が焼肉に変わったバージョンである。味は、もう何というか普通としか言いようがない。これで五〇〇円は高いな。

【シーフードカレー】

これは自分は食べられなかったのだが、サン青年に注文させてみたところ、水曜日のカツカレーのカツが白身魚フライ（またかよ！）に差し替えられたバージョンだった。サンちゃんはそれなりに美味しそうに食べていたが（ベトナムにカレーはあるのか？）、彼は異国の地の大都市の留置場の中で、どんな気持ちで自弁を食べていたんだろう。想像がつかない。

【焼きそば】

焼きそば五〇〇円ってテキ屋じゃないんだからさ、なかなかの強気な値段設定だ。こちらは楕円形のプラ容器に、美味しいともマズいとも言えない焼きそばが盛られており、その上に定番の白身魚のフライ（本当に渋谷の留置場はこればっかりだな！）が載っている。決して魅力的なメニューとは言えないのだが、実はこれには裏技があって、昼食のデフォルトメニューの食パンと組み合わせることで、〝焼きそばパン〟〝白身魚フライサンド〟をその場で作って食べることができるというのがナイスポイントではないだろうか。ちょっとしたアイデアで退屈な留置場の食事にスパイスを！　って意味でも、意外とお勧めの裏メニュー。逮捕された際には是非。

以上が自弁の簡単なレビューだが、もし友達や家族が逮捕されて渋谷警察署の留置場に留置された時は、このような自弁が心の救いになってるんだろうなと思ってあげて欲しい。

噂ではあるが、新宿警察署の留置場ではコーラが自弁購入できるとか、長野中央警察署ではカップラーメンが購入できる、なんて話もあった。留置場メシマニア（いねえよ）の方は全国津々浦々、色々な警察署の管轄で逮捕されなきゃならないので大変だなあ。

土曜日、日曜日はまたとんでもない自弁があるのだが、こちらは次の項で。

クサいメシとの遭遇【パート3】

土曜日、日曜日は世間一般では楽しい週末であるが、ここ留置場では一つもいいことがない。理由の一つとしては自弁が無くなるということである。正確には無くなりはしないのだが、ぐっとグレードが下がって、もはや別次元だ。というのも、土曜日の昼食に頼める自弁は飲み物だけなのだ。つまり、規定の食パン四枚としょぼいおかず、紙パックのジュースにお湯、そこに紙パックジュースが追加購入できるということだが、紙パックジュース二つにお湯……って飲み物ばっかりだ！　ナメとんのか！　下痢するわ!!　とは思うのだが、食べ物が自由に手に入らない檻の中の人間は、けなげにも紙パックの自弁購入をしてしまうのだ。

購入できるのは、カフェオレ、牛乳、野菜ジュースの三種類の中から一つ。しかも一五〇円もする。紙パック飲料が一五〇円って……。シャバにいても、自分から飲もうと思う優先順位が低い飲み物ばかりであるのが悲しい。しかも食事時間以外の飲食は許されておらず、居室に置いておき後で飲むことができないので、紙パックのジュースとお湯がついてくるパン食を食べた直後に、自弁購入した野菜ジュースなりカフェオレを続けて飲まなくてはならない。

外の世界だったら「これ以上飲んだら、胃が水分でガバガバになるからもう飲まない！」と断るはずの状況である。それでも紙パックを購入してしまう被留置者の情けなさよ。

自弁購入という権利を行使したいがため、己に許された自由を少しでも感じたいがために「頼めるものは頼む、飲めるものは飲む」となるこの気持ちを皆さんは理解できるだろうか？留置場の土曜日、それは被留置者の腸に負担をかける曜日なのである。

日曜日も土曜日と同じく憂鬱だ。日曜日は土曜日の紙パック飲料に加えてお菓子が購入できる。なぜ土曜日はお菓子の購入ができない？　なぜ日曜日だけ？　そんな疑問を持つことは許されない。とりあえず「頼めるものは頼む」スタンスの被留置者にとって、お菓子もまた必ず頼んでしまう代物なのだ。

セレクションがまた何とも言えない。そんな留置場スイーツを紹介しよう。

お菓子は三種類用意されていて、どら焼き、ロールカステラ、ジャイアントカプリコの中から一つを選ぶことができる。

どら焼きは自分では食べなかったが、ボスが一回頼んでいたのを見るからに、おばあちゃんの家で出てくるフィルムで個別包装された、妙にしっとりしてるけど決してフワフワ感のないモソモソした食感のものだ。

ボスも「このどら焼きは想像していたのと違うなあ」と言って二度と頼むことはなかったので、多分そういう味だったのだろう。

ロールカステラは、普通に言うとロールケーキである。ホイップクリーム風の白いクリームと共に、伊達巻のように巻かれたカステラをカットしたものが一切れ。一見すると美味しそうに見えるが、それを期待して食べてみると残念な味と言わざるを得ない。とにかくモソモソなのだ。今どき一五〇円も出せばもっといいものがあるだろうが、それをここに期待してはいけないのだった。

そしてジャイアントカプリコ。日本が誇る超一流お菓子メーカー、グリコのメジャーなお菓子である。味はいちごのみ。少なくとも他の二つよりはブランドによる安心感が違う。昔、何度か食べたことがあったが、今見るとそこまでのジャイアント感はない気がする。後日ネットで調べてみると「小さくなった」という意見もあり、原材料費の高騰や消費税の影響で小さくなったのであろう。しかし久しぶりに食べるカプリコは本当に美味しかった！　独特の歯ごたえのあるエアインチョコといちごの香料のからみが絶妙で、コーン部分もサクサクだ。さすが日本の一流お菓子！　ということで、我々としても選択肢は当然ジャイアントカプリコしかなくなる。だから殺人犯も強盗犯も泥棒も、揃って日曜日にはジャイアントカプリコを頼む。大の大人がジャイアントカプリコだ。

一二億円の被害を出したスーパー詐欺師と、指二本がない本職のおじさん、万引きベトナム人と一緒に、同じゴザを囲んでジャイアントカプリコ（いちご味）を一心不乱に食べるなんてことが自分の人生に訪れるとは夢にも思わなかったので、これはこれで相当レアで珍奇な経験になった。

日曜日の飲み物とお菓子の自弁購入価格は三〇〇円である。

カプリコの標準小売価格は一〇〇円だし、紙パック飲料が二〇〇円もするわけないと考えると、乗っけた値段の儲けは一体どこに行ってるのか？　警察署の売り上げか？

余談だが、昼食と夕食の時間にはＢＧＭがかかっている。三〇分の食事時間の前半一五分は、恐らく公共放送のラジオニュースの録音が流れているのだが、音量が小さいので何を言ってるのか全然分からない。そしてその後に音楽に切り替わるのだが（誰もまともに聴いてないとは思うが）、そこでかかるのは、特に差し障りのないようなスーパーでかかっているような曲で、たいがいは九〇年代、二〇〇〇年代のＪ－ＰＯＰヒット曲のインストアレンジだったりする。

自分が覚えているのはこのあたり。

ZARD『負けないで』→「うるせえよ！　色々負けてここにいるんだよ！」

SMAP『世界に一つだけの花』→「ナンバーワンよりオンリーワンの犯罪者になれってか？」

岡本真夜『TOMORROW』→「涙の数だけ強くなれるって？　十分泣いてっから早く出してくれよ！」


このように、歌詞に込められたメッセージ全てがこの状況では「余計なお世話」「白々しい」といった感じで聴こえてくるので、インストヴァージョンになっているのかもしれない。選曲は音楽が好きな担当官がやっているのだろうか？　俺もDJの端くれとして、選曲には注目していきたいところだ。

このJ－POPアレンジの次に多かったのが、ジブリアニメ主題歌のインストだ。『となりのトトロ』や『天空の城ラピュタ』の聞き覚えのあるメロディーが流れる。しかし先ほどの状況を思い出して欲しい。詐欺師とヤクザとベトナム人と大麻で捕まったDJのおじさんが、『崖の上のポニョ』のBGMが流れる中で、ゴザを取り囲んでジャイアントカプリコ（いちご味）を一心不乱に貪り食う姿を！　笑えねぇ〜！　けどめちゃくちゃ笑えるだろう？
でも情けねえ〜！

更に、ここにひねりを加えたというか、完全に笑わせにかかってる選曲をしてくることがある。食事の途中にもかかわらず思わず噴き出してしまったのが、『暴れん坊将軍のテーマ』だった。恐らく時代劇BGMのコンピレーションCDをかけているのだろう、『暴れん坊将軍のテーマ』の後にバージョン違い（多分戦闘中バージョン）の『暴れん坊将軍のテーマ』がかかり、その後『必殺仕事人』のテーマが何パターンかかかるのだ。ただの『暴れん坊将軍のテーマ』だけだったら、「ふーん、面白いと思ってかけてんだねえ」くらいで済むのだが、バージョン違いでもう一回かかるという、CDアルバムを垂れ流しにする雑な感じが、どうしても面白くて反応してしまったのである。

室長が「こいつら、笑わそうと思ってやってますから、こんなもんに反応しちゃダメですよ」と冷静に言い放った。「確かに」と思った。こういう細かいところでも、被留置者と担当官の意地と誇りをかけたバトルはあるのである。

ある時は異常なまでに荘厳なオペラのCDがかかっていることもあって、それはなぜだか分からないけど無性に腹が立ったなあ。

運動は運動の時間にあらず

留置場内の気分転換は、朝食後にある〝運動〟の時間である。運動と言っても激しく運動するわけではない。広さにして一〇畳くらいの天井が吹き抜けになっているスペースに、一〇人ずつくらいで誘導される。時間は一五分程度である。

運動の時間のメリットは、〝外の空気を吸える〟〝ヒゲ剃りができる〟〝爪切りができる〟〝同室以外の被留置者と話ができる〟〝その気になればラジオ体操くらいはできる〟である。

数年前はタバコが二本まで支給されて喫煙できたそうだが、今では全面禁煙になってしまった。

それでも運動の時間は、単調で息苦しい留置場生活の中で、唯一外の空気が吸えて外気温を感じられる貴重な時間であり、気分転換としては大いに意味がある。そしてこの時間に身だしなみとしてヒゲを剃ることができる。なぜ運動の時間にヒゲ剃りなのかはよく分からないが、とにかくそうなのである。

ヒゲ剃りにはT字カミソリではなく、電気シェーバーの貸し出しがある。電気シェーバーは基本的に伸び始めの短いヒゲにしか使用できないので、ある程度伸びちゃっていると、その部分は際限なく伸びることになるので注意が必要だ。恐らくT字カミソリは自殺の道具や凶器になるので、禁じられているのだろう。

運動場の入り口に箱が置かれ、そこで電気シェーバーを借りて、場内に設置してある鏡を使ってヒゲを剃る。シェーバーが複数個残っている場合は、ガタが来てるシェーバーが混ざっているので、それぞれスイッチを入れてみて勢いのある物を使った方がいい。皆運動はせずに鏡の前でジョリジョリやっている。自分は坊主頭なので隙を見て髪の毛もジョリジョリやっていた。多分見つかると注意されるので、こっそりやること。

運動場の入り口のところで、担当官がシェーバーの掃除をせっせとやっている。仕事とはいえ被留置者のメシの世話からシェーバーの掃除までやらないといけないとは、決して楽な仕事じゃない。

爪切りも借りることができて、運動場の端にある排水口みたいなところで爪を切る。ちゃんとゴミ箱を用意すりゃいいと思うがないので、いつも排水口の周りは爪の切りカスが散乱している。

ヒゲ剃りが終わると被留置者同士の情報交換タイムである。「何して入ってきたんですか?」「俺と同じだねー!」「シャバではどんな仕事を?」「取り調べは厳しい?」「あの担当官は厳しいから気を付けなよ」「弁護士は頼りになるの？」なんて会話が、担当官が聞いている中でも割と堂々と繰り広げられている。

　留置場担当の部署と取り調べを担当する刑事課は全くの別組織なので、留置場で何を話していようが証拠にはならない。ただ、被留置者の中にスパイがいるらしい、なんて話もまことしやかに流れている。

　俺の場合は、やはり同じく大麻で逮捕された被留置者と話すことが多かった。一つの居室には同じ犯罪を行った人間は一緒に留置されないようになっているので、〝同じ穴のムジナ〟と話せるのは基本ここだけであり、シャバでも共通の趣味があると話が盛り上がるのと同様に、同じ罪を犯していると話が盛り上がる。適当にサグを気取りながら話を合わせているのも面白いものだった。

　こんな感じの会話で分かる通り、留置されている人間は自分の犯罪行為に対して特に反省はしていない。むしろ捕まったこと、ヘタこいたこと自体を反省しているのだ。恐らく詐欺も傷害も窃盗においてもそんなものだろう。だから日本から犯罪は無くならないんだよな。

　一番驚いたのが、地検への護送の際に一緒になった、覚醒剤で逮捕された被留置者と話をしている時だった。

「仕事何してんの？」と聞かれたので適当に「あー、バーでお酒作ってます。バーテンっすよ」と嘘ではないがそれが全てではないような会話をして話は一段落したのだが、その会話の直後、人の良さそうなある一人の中年男性から声をかけられた。

男性「……ACID PANDA CAFEですよね？」
俺「えっ!?（何で知ってるの!? お客さん!?）」
男性「ラジオ聴いてましたよ！」
俺「えっ！ あ、あ、ありがとうございます……（ゲ〜ッ！ 俺って意外に有名!! まさか同じ留置場に留置されている人間の中に、ラジオリスナーがいたとは……！）」
男性「まさかこんなところでお会いできるとは」
俺「いや〜本当ですね〜。まさかリスナーさんがいるとは。お恥ずかしい（そりゃこっちのセリフだって。いや〜、そうか〜、こりゃ恥ずかしいトコ見られたなあ〜）」
男性「僕、もうすぐ出るんで、『タマフル』に言付けとかあります？ 番組にメールしときますよ」
俺「え!? あ、あの生きてますって伝えておいてください（なんだよ言付けって……先日、宇多丸さんも面会に来てくれたし、何を言ったらいいのよ俺は）」

という世にも珍しい会話が交わされたのであった。あの男性は何をしてここに入ってきたのかなあ。

釈放されてからこの話を『タマフル』スタッフの皆さんにお話しする機会があったのだが、やはり一様に驚かれていた。そりゃ驚くよなあ。

自分の逮捕勾留がニュースとして報道されたのは知っていたが、まさか留置場内でAMラジオというメディアの凄さを思い知ることになるとは。TBSラジオ恐るべし。世の中、誰が見てるか分からない。つくづく悪いことはできないものである。

というわけで、運動の時間は運動をする時間ではなく、貴重な情報交換と気分転換の時間なのであった。

クサいクソ　留置場のトイレの話

クサいメシのことを説明したら、やっぱりクサいものの話をしなければならない。人間は衣食住の他に、排泄も必要不可欠である。色々な人に聞かれることが多かったので、ここでは留置場のトイレ事情について書きたいと思う。

留置場のトイレは各居室に備え付けてある。羅王氏の『独居房の夜』では「便所丸見えでガラス張り」という歌詞があるが、丸見えではない。ただ窓がついているので、丸見えにしようと思えばできる感じではある。そして一応タイル張りの個室になってはいるが、ドアに鍵などはかからない。

西部劇に出てくるバーの入り口みたいな扉、開けるとバネで自動で閉まるアレ、スイングドアと言うらしいが、あの方式で扉がついている。

ふくらはぎのちょい上から頭の上の方まで隠れる長方形のドアになってはいるが、上の方から斜めに切り込まれた台形をしている。これも首吊り自殺を防いでいるつもりだろう。

壁の窓はしゃがみこんだ時ちょうど顔が見える高さになっているので、居室内からウンコをする表情が丸見えである。ドアは仕切るためだけにあり密閉性はない。従って臭いはダダ漏れだし、用便時の「ブリブリ！」という音は居室内に丸聞こえである。だから「〇〇さん、最近下痢気味だなー」とすぐに分かってしまう。

便器は昔ながらの和式便器で、右側の壁に銀色の丸いボタンがついている。それを押すと便器と手洗い用の水が流れるようになっている。普通の家庭用トイレのように、一旦水を流すとしばらくタンクに水が貯まるまで強く流れないというシステムではなく、ボタンを押せば常に全力で水が流れる。

余談だが、洋式便器のように水中にウンコが落ちる構造というのは偉大で、ウンコは水中だと臭気があまり拡散しない。和式の場合は剥き出しなので、ウンコ臭が容赦なくその牙を剥く。留置場は換気があまり良くないので、それを防ぐために常に水を流しながらするのである。これについては担当官も怒ったりしないので、普通のことなのだろう。

ちなみに水の流れる音が結構でかいので、留置場によって就寝時はトイレの水を流すのが禁止のところもあるようだ。この場合、大便をしたら臭いが地獄だろうな〜。一晩中居室が臭くなることを考えたら、多少音が出ても水を流した方がいいと思うのだが……。

さて、用便の前にはトイレットペーパーを用意しなければならない。留置場では、いわゆるロール式のトイレットペーパーはない。恐らくペーパーホルダーに何らかの危険性があると思われているのだろう。その代わり、ティッシュペーパーのもの凄く粗悪な物が渡される。ちり紙、カンチリ、チリアイと呼ばれるものである。留置場スラングを自分が使うことになるとは思わなかったが、三日もすると普通にカンチリと呼ぶようになっていた。カンチリとは多分〝官から支給されるチリ紙〟の略称なのではないだろうか。

カンチリはトイレに据え付けではないので、担当官に「すいません、八室、カンチリお願いします！」と声をかける。すると担当官が持ってきてくれるのだが、これが担当官によって、または担当官からの気に入られ度や目の付けられ度によって、持ってきてくれる枚数が変わる。普通の印象の被留置者が声をかけると、だいたい八〜一〇枚程度。気に入られている室長クラスだと二〇枚近くどっさりと渡される。ちなみにずっと目を付けられていたサン青年が頼むと五枚ということがあった。皆「少ねぇ〜！」と大爆笑だった。さすがに五枚じゃ足りないだろう。差別は露骨にこういうところに出る。

もちろん二〇枚もあると用便一回では使い切らないので、トイレの外側の窓のところにちょっとした物を置けるスペースがあり、そこに積み重ねて置いておくのだが、これが集まっていくのもちょっとした楽しみになる。

しまいには〝カンチリ占い〟などと言って、担当官にもらえる枚数を競う遊びをしていた。「今日は一二枚だから中吉だね」とか「六枚だから今日はダメだな！　取り調べがキツい日だ！」とかね。

これが刑務所になると、カンチリは一定数自分で購入できるようになるらしく、ちょっとした賭け事をしてカンチリを賭けて遊ぶこともあるらしい。強い奴になると一〇〇〇枚程のカンチリを保有する〝カンチリ長者〟になる。バカバカしいと思うかもしれないが、こういうことで楽しみを見出すしかないのだ。

担当官という仕事

二〇日間も留置されていると、自分の中での反省も一端ひと区切りがつき、そうなると様々なところが目に留まるようになる。毎日欠かすことなく顔を合わせるのは同じ居室の面々だけではない。我々を絶えず見張り、世話し、時に怒鳴り、意地の悪いこともたまにする〝担当〟と呼ばれる警察官。刑務所で言うところのオヤジ、看守、現代の獄卒の生態である。

基本的にはとにかく高圧的で、被留置者が少しでも生意気な口の利き方をすれば、もの凄い勢いで怒鳴りつけてくる。これは怖いぞ。人に怒鳴られることなんて、それこそ中学生もしくは高校生の時以来なかったので、なかなか新鮮な体験である。

彼らは我々の留置場生活を隅々まで監視し、少しの過失やルール違反も見逃さない。何かあるごとに我々の数少ない楽しみや権利を剥奪してしまう、被留置者にとっては恐ろしい存在である。当然、法の執行者の一部ではあるが、檻の中から見れば〝憎まれ役〟ということになる。映画の監獄モノでも看守は悪役だ。

中には被留置者に対して丁寧語で話してくれる担当官もいるが、ほとんどの担当官が年上年下関係なくタメ口である。まぁこっちは被疑者なので仕方がないんだが、でも犯罪者でも被告でもなく疑いがかかってるだけなんだけどなあ。

とはいえ、彼らが高圧的になるのは檻の中と外、そういう環境のせいでもあると思われる。

こんな実験があったらしい。どこかの国の刑務所で受刑者と看守を何日間か入れ替えてみて、お互いの態度がどう変わるかという実験だったらしいのだが、結果、やはり檻の外の者は中の者に対して高圧的に振る舞うようになったそうだ。

とにかく怖い憎まれ役的存在のこの人達だが、何日も過ごしているとだんだん彼らの気持ちも想像できるようになってきた。中にいるのは罪を犯したと疑われている若者、おじさん、老人達。日中は床に寝転がったり読書をしながらダラダラと過ごしているのだ。檻の外から見れば、動物園のゴリラやオランウータンとあまり変わりがない。「こっちは仕事してるのに、こいつらはノンキにゴロゴロしやがって」といったところであろう。

そしてメシの時間になると手前にぞろぞろと集まってくるので、そこにエサを与えてやる。

しかも「お茶のおかわりをくれ」だの、食べ終わった器や箸の回収だの、「食後に薬を出してくれ」だの、わずらわしい奴らである。たまに生意気な口も利くし。

それ以外の時間でも、やれ「寒いのでロッカーから上着を出してくれ」だの「水をくれ」「ウンコしたいからチリ紙をくれ！」だの、とにかく世話がやける。

要するに彼らの仕事は、手間のかかる動物を世話する飼育係のようなものなのである。

おまけに順番で入浴させてやったり、運動場に誘導してやったり、まだまだ手間のかかることはたくさんある。そりゃあ中に入ってるのが美女なら気分も違うだろうが、可愛げのない生意気な若者やおじさんじゃモチベーションも上がらないだろう。高圧的になるのも仕方がないというものである。俺だって、そんな仕事は嫌だもんなあ。

しかも、この留置担当官という仕事は、どうやら刑事志望の警察官達が希望の部署に就くまでに、半ば強制的に経験しておかなければならない部署らしい。刑事志望で警察官になった彼らは、恐らく刑事ドラマに出てくる刑事達のように上下デニムか、もしくは黒スーツ黒サングラスを身につけ、正義感に燃え、銃を片手にこの世にはびこる凶悪犯罪者を片っ端から逮捕する……そんな派手なイメージに憧れてのことだろう。ところがそういう期待をして警察官として配属された先が留置場の担当官だったら、理想と違いすぎてやる気もなくなるだろう。でも嫌とは言えないのがお役人のツラいところ。中に入ってる人間も嫌々なら、外にいる人間も嫌々仕事をしているのだから、どう転んだって〝いい感じ〟にはならないわけだ。もちろん留置場は嫌なところだけれど、あの担当官のジメーッとした感じが更にこの場所を嫌なバイヴスに持っていくのだ。

偏見かもしれないけど、あの仕事で楽しい瞬間なんて一秒たりともなさそうだもんな。そりゃあ、俺達に高圧的な態度を取ったり、点検で大声を張り上げて威嚇めいたことをしたり、細かいことで怒鳴ったりすることくらいしかストレス解消法なんかないのだろう。恐らく、担当官のほとんどが、晴れて刑事課に異動した暁には、「母ちゃん！　俺、刑事になったよ！」と胸を張って言いたいに違いないのだ。夜勤もあるから楽な仕事とは思えないし、ボスも「牢屋の番だけは絶対やりたくないいな〜」と言っていた。

もっとヒドい役回りだと思うのが、地域の同行室から検事の取調室まで被疑者を連行するだけの仕事を一日中やっている担当官だ。朝から夕方まで、被疑者を部屋から呼び出しては手錠にロープをかけて腰のあたりで縛り、犬の散歩のように建物の中を連行し、取り調べの間は被疑者の後ろに座って一言も発さず検事が取り調べるのをボーッと待っているだけ。取り調べが終われば、また犬の散歩状態で同行室まで連れて戻る。取り調べ中に寝ちゃってる人もいたし、全くそれだけの仕事。せっかく苦労して警察官になったっていうのに、与えられた仕事があれじゃあ救われないってもんだ。捕まった人間が言っちゃアレなんだけど、あの仕事にやりがいがあるとは俺には思えないんだよなあ……。

ドラマチックな日常ってことであれば、犯罪者の方がよっぽどスリリングで刺激のある生活を送ってるんじゃないかなと思ってしまった。

留置場オシャレ手帖

被疑者や容疑者が護送される時、ほとんどの人が地味な色のスウェット上下を着用しているのを、皆さんはテレビの報道などで見たことがあるだろう。そう、留置場の中でのファッションはまさにアレである。私服がダメなわけではないが、一定の条件を満たしていないと、入所時に取り上げられ釈放まで返してもらえない。ちなみに靴は中敷を剥がされ、靴紐も抜き取られて保管される。

自分はジーパンやベルト、帽子、パーカー、上着とほとんど取られてしまって、Tシャツとパンツと靴下だけになった。人によってはパンツ一丁にされる人もいる。

そうした時には留置場にストックしてある服を貸し出してもらうことになる。留置場で貸してもらえる服は通称〝トメ服〟と言う。トメ服の〝トメ〟とは留置場の〝留〟の字を訓読みしたものらしい。

皆さんご存知の通り、地味なグレーとか黒のスウェット上下だったり、ジャージだったりする。休日のお父さんの部屋着みたいな感じだが、被留置者同士なら一様に皆同じような格好をしているのでたいして気にはならない。だが、警察官の物々しい制服と対比すると、いかにも〝人生の落伍者〟感が漂っていて、何とも言えない気持ちになる。

勾留が四八時間（ヨンパチ）を過ぎると、接見禁止、差し入れ禁止の重犯罪者以外は、服を差し入れてもらえるようになるのだが、結局規定を考えると、Tシャツ、下着、靴下、そしてだいたいはジャージかスウェットに限られてしまう。その中でも、オシャレに気を遣う人や不良っぽい人はアディダスの上下か、チャンピオンの上下を着ていることが多い。

自分の場合、急いで差し入れてもらったユニクロのスウェットのサイズが合わずキツかったので、貸し出してもらったトメ服を愛用していたのだが、ダークグレーの4Lサイズのスウェットはかなりダブダブで、妙にストリート感が出ちゃっていた。単純にトメ服不足で、それしかなかったらしいのだが。トメ服かそうでないかはすぐに分かる。服に油性マジックで〝トメ〟とか〝留〟と書かれているから一目瞭然なのだ。

　ちなみに釈放などで留置場を去った被疑者が私服のスウェットを置いていき、それがトメ服としてリサイクルされるパターンも多いらしく、前述の4Lのストリート感溢れるダークグレーのスウェットは、ちょっと前まで勾留されていたメチャクチャ巨漢の脱法ハーブ店店長が着ていたスウェットだった、と先輩が教えてくれた。なかなかそんな服を着る機会はないので、これも面白い経験だ。

　同室のベトナム人、〝八室のゆるキャラ〟ことサン青年のトメ服は、白地に黄色のボーダーのロンTで、一見するとオシャレっぽいのだが、やはり胸にはこれ以上ない大きさで〝トメ〟と書かれており、なかなかのインパクトだ。ボスがよくサン青年の服を見て、「ゲッツ！」の動きで「トメ‼」と叫んでからかっていたのが最高だった。

　ちなみに〝トメ〟の書き方には色々なパターンがあり、地検で各警察署の被留置者が集まる時などはなかなか見ごたえがあった。警察署ごとに（担当官のクソいまいましい遊び心で）趣向を凝らしてあるのだが、〝ＴＯＭＥ〟とアルファベット表記してあったり、ちょっとロゴ風にアレンジしてあったり、渋谷警察署のトメ服という意味で〝渋留〟と書かれているもの、野球のユニフォームのネーム風に〝ＳＨＩＢＵ ＴＯＭＥ〟と書かれているものなど、本当に余計なお節介と遊び心に溢れていて、いちいち癇に障る代物だった。

最もヒドい悪ノリが感じられたのは、adidasのマークのパロディ風にtomedasと書かれていたものだ。そんなものを楽しむ余裕のない我々被疑者は、担当官のクソみたいな遊び心で書かれたtomedasでも黙って着るしかない。

俺は将来アパレル事業としてTOMEブランドを立ち上げたいと思っているので、トメTシャツを販売したら皆さん買ってください（街で着ていて大爆笑する人は、だいたい逮捕歴あり）。

それから、身内が逮捕された人にマル得情報！　服の差し入れをする時に、その人の留置番号を聞いてその番号の入った背番号Tシャツを差し入れてあげると、気が利いてると喜ばれるかもしれない。

自分は、差し入れてもらった普段着ているTシャツの中で留置場で評判が良かったのは、ラーメンマンTシャツと『毒蝮三太夫のミュージックプレゼント』の番組Tシャツだった。

「わたしはせいしんびょうかもしれません」

勾留一三日目。ひたすらにヒマである。留置場のレンタル文庫本、通称〝官本〟は一日三冊まで借りることができるが、セレクションセンスがいまいちな上に、小説を一日に三冊読むのはさすがに活字疲れしてしまい、読む気力もなくなってくる。となると、ベトナムから来たゆとりぼっちゃんのサン青年をからかうぐらいしかすることがない。

彼はドン・キホーテでの万引き事件で先日起訴されたのだが、裁判までの間、拘置所に移される様子も無く、一カ月以上もここ渋谷警察署の留置場にいる。先行きの不透明さから来る不安のためか、元気が無くなってきており、必死に自分の体調が悪いことを訴えてくる。

「ネムレナイデスネ　サンカイオキマス」
「ワタシ　オキタトキ　トコロクルシイ」
「ココ　ハザイ　オソイ」……

二年間も日本で日本語学校に通ってる割には日本語が下手すぎてほとんど意味が分からないが、サン青年の話を何とか分析してみるとこのような感じだった。
「ネムレナイデスネ　サンカイオキマス」↓「夜になっても寝付けない、夜に三回起きてしまう」

うーん、三回ぐらい起きるのは普通だと思うんだけど、まぁ自称・不眠症ってことだよねえ。けど甘えたこと言っててんじゃねえよ。俺なんかイビキがうるさいと一晩に五回ぐらい起こされるぜ！

「ワタシ　オキタトキ　トコロクルシイ」↓「起床時に気分が悪い」

心臓あたりを指して「トコロ」と言ってるが、多分「ココロ」のことなんだろう。「オキタトキ」というのは起きた時だろうから、目覚めが悪いってことかな。

「ココ　ハザイ　オソイ　ウマレルトキ　オトウサンノクルリ　ノミマス（手首のあたりを押さえながら）」↓「生まれつき脈拍が不安定で、父から薬をもらって飲んでいます」

これはかなり難易度が高かった。手首を押さえながらというのは多分脈拍で、それが速かったり遅かったりするのだろう。ベトナム人は「ヤ」を「ザ」と発音するので、渋谷が「シブザ」、山が「ザマ」になったりするので、ある程度は推理できた。「ウマレルトキ」というのは「生まれた時から」で、つまり先天性ってことであろう。サン青年の父親はベトナムで医者をしているらしいので、父親から不整脈のクルリ（薬）をもらって飲んでいた、ということであろう。

これって完全にメンヘラ的なアレじゃないのか？　ということで、二週に一度の医者の診療時に正確に伝えられるようにメモを書いてあげ、最後に彼に「わたしはせいしんびょうかもしれません」という言葉を教えてあげた。

そして医者の診療の日がやってきた。俺は持病の皮膚炎が悪化していたので、ステロイド系の塗り薬を処方してもらった。サン青年は「せいしんびょうかもしれない」状態をうまく伝えることができたのだろうか。翌朝から食後に担当官が薬を用意してくれるようになったので、うまくいったのだろう。薬を出してもらったことを喜ぶサン青年。白い錠剤が三粒。薬を飲む時も留置場ルールがある。要は間違いなく薬を飲んだかの確認なのだが、担当官の方に口を開けて薬を投入するところを見せる。間違いなく薬を口に入れたかの確認である。それから水をもらい服用する。飲み込んだ後も口を開けて、担当官に薬をちゃんと飲み込んだかどうかの確認をしてもらう。

こうしてサン青年は薬を無事ゲットすることに成功したのだが、彼の様子がおかしい。明らかにフラつき始め、目がトロンとしている。身体に力が入らないのかグニャグニャになっている。目に見えて薬の効果が現れた。明らかにキマっている。

これを見た残りの三人は爆笑。

「これ、明らかにヤバい薬じゃないの⁉」

「うわー、こえぇ！　処方薬ってこんなにキマんの？　一体何の薬処方されてんだよ！」

「サンちゃん、どう？　気持ちいい？」

違法薬物も恐ろしいが、処方薬でも十分ヤバいじゃないか……そういや睡眠薬で遊んだり、デパスとか何とかいう向精神薬で遊ぶ人もいるらしいので、もう何が危険ドラッグなのかが分からなくなってくる。そんな薬物が留置場で処方されているのだ。

「……キモチワルイデス　カラダチュカレマス……ネムイネ」

朝食後、いきなり眠りだすサン青年。結局昼まで眠り続け、たまに起き上がるもユラユラとしながら焦点の合わない目で空を睨むばかり。いつもは無駄に筋トレしたり、意味の分からない日本語で話しかけてくるサン青年がおとなしいので、ウザくなくていいと我々には大好評となった。

夕食後の投薬でも相変わらずのガンギマりぶりを発揮し我々を楽しませてくれたサン青年、就寝時間の九時前にはもう夢うつつの状態になっている。

「シュウシンマダデスカ　チュカレタ　ネムイデスネ」

ってお前、一日中寝てたじゃねぇかよ！　という突っ込みも空しく、就寝前にも不眠ということで処方された睡眠導入剤を更に追加ドーピング。着替えることもせず、彼は泥のように眠った。

翌朝「キョウワ　トコロ　クルシクナイデス」と不快感が消えたことを喜ぶサン青年。

「よく眠れて良かったな。今日も薬飲んだ方がいいよ！　変な妄想とかしなくなったでしょ？」

などとサン青年に声をかけながらも、昨日は面白かったので、今日も朝食後から薬を飲んでくれることを期待する同室の三人。悪人である。

朝食後に担当官がサン青年用の薬を持ってくる。

「モウイッカイ　ノンデミマス」

さぁ、このまま中毒だな！　とほくそ笑む三人。本当に悪人だ。案の定、サン青年は夕食の時まで寝たり起きたりのトリップ状態で過ごした。

「カラダ　チュカレマス……モウクルリイラナイ」

夕食後のサン青年は、投薬を拒否した。

担当官も「何で飲まないの？　せっかく処方してもらったんだろ？」

「クルリノマナイ……カラダ　ワルイ……」

キレ気味の担当官は「何だって？　どう悪いの？　何で飲まないの？」と食い下がる。我々も「処方してもらった薬なんだから、飲まなきゃダメだよ！」と煽る。この留置場は刺激が無さすぎて、それくらいしか楽しみがないのである。ゲスすぎる。それでも断固として投薬を断ったサン青年に対して、同室三人の態度は冷たかった。

「つまんねー！　サンちゃんがラリってんの見ると面白いんだから、面白くなるようにしてくれなきゃダメだよ！」と謎の理論で説教をするも、本当にキツかったらしく、それ以降は薬を飲まなくなった。

サン青年のノリの悪さに我々も興味を失って、このせいしんびょう事件は幕を閉じる。投薬を止めたことで、結果的に彼の「せいしんびょう」は嘘のように治ったのであった。何だそれ。

叱られた飼い犬の反省

我々が普通に暮らしている社会を表社会と言うならば、裏社会は確実に存在している。裏社会とは、いわゆる法的にグレー、ブラックな手段で社会生活を営み、金銭を稼ぎ、生活している人達の世界のことである。普通の仕事として、彼らは違法行為をするのだ。留置場にいるとヤクザや半グレなどの組織に属している、いわゆるアウトローな人達の世界と考え方を垣間見ることができる。

　留置場内の雑談の中で裏社会に属する人達が一番よくしている話題は、「いかに自分が不利な状況に追い込まれないようにするか」ということだ。特に身に覚えのある余罪があったり複雑な事件の場合は、「あの件がメクれて（バレて）、サイタイ（再逮捕）されたらやべえな」とか、「アレがガサ（家宅捜索）の時に見つかったらヤバいな」「自分の先輩が捕まった時は、アレをそうしておいて、こうやったみたいですよ」「自分の先輩を弁護したあの弁護士は優秀らしい」といった、「証拠をどうやって隠滅するか」や、「取り調べでどうやって黙秘を貫くか」など、とにかく自分の罪を少しでも軽くできる方法について情報交換をしている。

　ここ数年先の、下手をすると一生分の自由が、警察、検事、弁護士、裁判官への立ち回り方にかかっているのだから、そりゃあ必死である。だから、被疑者にとって留置場での生活は、警察や検事との戦いの毎日でもある。人間は自分の自由が侵害されそうになれば、それに対して必死に戦うものだ。善きにしろ、悪しきにしろ、誰もが自分の自由と利益を守るために必死で生きている。誰にだって自分が不利益を被ったり、自由を侵害されることに対して戦う気持ちはあるだろう。でも外の世界にいたら、そこまで自分の自由を守るために剥き出しで戦おうという人の姿はなかなか見ることはできない。

詐欺師であれば「金持ちの老い先短いババア、ジジイから金を取って何が悪いんだ？」とか、ヤクザが抗争事件で捕まったら「俺達は仁義が通らないことをやっている奴らが許せなかったんだ。俺達はむしろ正義の味方だ」くらいのことは思っているわけである。と言うか実際にそう言っていた。

ある時、「皆さんは自分の犯した罪について、悪いことだったと反省していますか？」と同室の先輩方に聞いてみた。

「これは俺達の仕事なんだから、自分らの仕事について反省するわけないだろ。いや、ある意味で反省はしているよ。何で逮捕されちまったのかってことについては反省してる。もっとうまくやればバレなかったのにな。ヘタ打ったよな」というような答えが返ってきた。塀の中の懲りない面々、とはよく言ったものだ。

確かに犯罪行為は彼らにとっては生きていくための仕事なのである。人が自分の仕事に誇りを持っているのは当然で、それが公序良俗に反することであればそれは裏稼業、裏社会の住人ということになる。

　彼らに言わせれば、大麻やドラッグ所持などで逮捕されるのが〝一番バカバカしい〟とのことだ。本業で悪いことを自覚してやってるんだから、こんなことで捕まるのはバカバカしいと。なぜなら〝ドラッグを使用すること〟に対して、直接の被害者がいないからだ。

　確かに誰かを陥れたり、暴力を加えたり、金品を奪っているわけではない。当人の健康被害であったり中毒だったりと、自滅またはゆっくりとした自殺に向かう要素はあるかもしれないが、他人にリアルタイムで迷惑をかけているわけではないから、逮捕されても「自分は人に対して被害を与えたから逮捕されたのだ」という自分の中の納得がしにくいわけだ（もちろん危険ドラッグをキメて傷害事件を起こして「しぇしぇしぇのしぇー」とか言ってる人は論外だし、違法ルートに金が流れて暴力団などの反社会勢力に資金が渡ってしまい、結果的に社会に迷惑をかける可能性もあるが）。

　やっぱり〝逮捕されたことそのものに対して反省する〟という部分は、ある意味自分でもよく分かっている。それは俺を取り調べた刑事も言っていた。

「大麻とかドラッグ系の犯罪は直接の被害者がいないんだよ。だから悪いことをしているという自覚がない。逮捕された結果、周りの人に迷惑がかかるというだけだし、真の被害者はそいつの周りの人なんだよね」

　実際、今回逮捕されたことで仕事関係者や周りの人達に大きな迷惑や心配をかけてしまった。前科モノというあまり有り難くない称号を得てしまったがために起こる人生の諸問題、というあまりにも大きすぎるリスクを考えると、日本で生きている以上は、法律で禁止されているモノをやらないに越したことはないという話は非常に納得がいくし、こういう経験をしたからこそ他人にも「薬物はやらない方がいいよ！　なぜなら逮捕されると大変だから！」と言うことはできる。

　でもこの反省っていうのは、例えるならば、飼い犬が飼い主からの躾として「食べてはいけないモノに手を出して鼻っ面を引っぱたかれた。だからもうこれからは食べないようにしよう。なぜなら引っぱたかれると痛いから」という意味での反省である。「何が悪いのかはいまいち自分でも分からない。でも禁止されてるからやめよう」というのは、思考停止に近い状態ではある。

　これを読んでいる人の中でも具体的にどういうドラッグにどんな効果があるのか、どんな風に身体に悪いのか、ということを詳しく知っている人もあまりいないだろうし、学校などで教えてもらった覚えのある人もいないだろう。ほとんどの人にとっては、覚醒剤もヘロインもコカインもMDMAも大麻も〝麻薬〟という一括りで一緒なのだ。俺も詳しくはなかったので、そういうことは子供の時や学生時代に詳しく教えて欲しかったなーと思う。とはいえ、「なぜこれが禁止されているのか?」ということに疑問を持つのは、世間一般ではあまり歓迎されないことのようである。

　例えば自分が逮捕された原因となった大麻を例に挙げると、世界中には大麻解放を訴え実際に行動を起こしている人達がたくさんいる。また、大麻を解放している国もある。が、しかし、覚醒剤やコカイン、ヘロインの解放運動をしている人はあまり聞いたことがない。「大麻だけがどうして解放運動されているんだろう?」という風に考えたことがある人は少ないだろう。

　日本でも、医療用大麻解禁を大々的に訴える元女優さんがいるが、彼女は世間的には完全にどうかしてると思われている。「よくやるなー、凄いなー」とは思うが、俺としては世間からそのように認定されるリスクを負う覚悟まではさすがにない。だから単純に逮捕されたら本当にキツいので、違法で捕まっちゃう原因となるモノはやめておこうと思うのである。

　調べれば調べるほど何かおかしいと思うし、体験から導き出した自分の知っていることと、現状の法律に対しての違和感を抱いたとしても、叱られた飼い犬のようにひたすら従順に、

「飼い主がダメだと言ったものは食べてはダメなのだ」と納得しておくのが今の自分の身の振り方だと思っている。

一つ間違いなく言えるのは、日本という法治国家で〝善良な人間〟として生きていくには、その国の法律を守った方が損がないよ、ということである。法律を守らないのも個人の一つの自由ではあると思うけれども、もしパクられちゃったらとにかく割に合わないよ、人生遠回りしちゃうよ、ということだ。

〝叱られた飼い犬〟の思想とはこういうものであるし、一つの〝思考停止状態〟というべき状態なのかもしれない。傍から見てそういう生き方は結構ダサく映るかもしれない。でも、一回パクられて割に合わないな、と痛感した上での合理的な判断だし、法治国家である以上、異端者と見なされないためには従順な飼い犬でいるべき、またはそういうフリをしておくべきである、というのも選択肢としてあるかと思う。

それでも「戦おうぜ、現状に疑問を呈していこうぜ！」というスタンスを俺は否定しないし、むしろ心の中では結構、応援している。

留置場的読書生活

留置場生活は、取り調べや検察への順送がない限りは基本ヒマである。何もすることがない。その有り余る時間のヒマつぶしの手段として唯一許されているのが読書だ。

一応、新聞は各部屋に回ってくる。各部屋で順番に回し読みし、隣の部屋に回す（渋谷警察署は読売新聞だったが、他の警察署がどうなのかは知らない）。

ただ、新聞も決して面白いものでもないので、もし逮捕されて留置されている友人がいたら、まずは本を差し入れてあげて欲しい。「本は心の栄養」と誰が言ったかは知らないが、ここではどんなに読書が嫌いな人間でも本を読むことぐらいしかすることがないのだ。俺は二二日間で三二冊の本を読んだ。普段は本をほとんど読まなかったので、短期間でこれだけ多くの書物を読んだのは初めてだった。

留置場では、運動の時間の後に〝官本〟と呼ばれる留置場に置いてある蔵書を貸し出してくれる。推理小説や、ほんわかした恋愛小説、日本や西洋の名作、自己啓発本、歴史小説までそれなりに揃っている。渋谷警察署だけかは分からないが、一応中国語やハングル、英語の本も少しはある。それから『ドラッグの危険性』みたいな、この期に及んで余計なお世話だと感じる、警察で作ったような小冊子も用意されている。

一日に三冊まで借りることができるのだが、つまらない本を選んでしまうとその日はとてもキビシい一日となる。

我が第八居室は運動の時間の順番が遅い方だったので、運動が終わって借りに行くと、面白そうな本はだいたい貸し出し中になってしまっていた。これにはとても困った。

とりあえずどんな官本を読んだのか、羅列しておこう。

『利休にたずねよ』山本兼一
『お文の影』宮部みゆき
『歌舞伎町セブン』誉田哲也
『それからの三国志　上・烈風の巻』内田重久
『どくとるマンボウ青春記』北杜夫
『マンボウ家族航海記』北杜夫
『家族ゲーム』本間洋平
『若い読者のための世界史』エルンスト・H・ゴンブリッチ
『新参者』東野圭吾
『思い出のとき修理します』谷瑞恵

『猫とともに去りぬ』ジャンニ・ロダーリ
『ペンギン・ハイウェイ』森見登美彦
『星の王子さま』サン・テグジュペリ
『老人と海』アーネスト・ヘミングウェイ
『ま、いっか。』浅田次郎
『思考の整理学』外山滋比古
『学校では教えてくれない日本史の授業』井沢元彦
『感情的にならない本　不機嫌な人は幼稚に見える』和田秀樹

と、こんな具合である。俺は文学に全然詳しくないので、聞いたことがある作家の本とか、タイトルは聞いたことがあったけど読んだことのなかった本、歴史小説なんかを中心に適当に選んだ。

以下は、差し入れていただいた本である。

『真相　マイク・タイソン自伝』マイク・タイソン
『映画「トラック野郎」大全集』（別冊映画秘宝）鈴木則文、宮崎靖男、小川晋、杉作J太郎
『ヘンな本大全』（洋泉社MOOK）
『まっぷる　バリ島'16』（まっぷるマガジン）
『本当にすごい！　本当に美しい！　中世の武器』（ダイアプレス）
『電気グルーヴのメロン牧場―花嫁は死神』電気グルーヴ
『母さんの「あおいくま」』コロッケ
『俺、勝新太郎』勝新太郎、吉田豪
『自分の中に毒を持て　あなたは〝常識人間〟を捨てられるか』岡本太郎
『ウルトラマン「正義の哲学」』神谷和宏
『そこまでやるか！　裏社会ビジネス――黒い欲望の掟』丸山佑介
『戦国名臣列伝』宮城谷昌光
『三国志』（四）（五）（六）吉川英治
雑誌『歴史人』（**【保存版特集】**真田幸村 vs 徳川家康）

やはり白眉は宇多丸さんに差し入れてもらった『真相』と『俺、勝新太郎』であろうか。それから『映画「トラック野郎」大全集』もアガったし、意外と気持ちが明るくなったのが旅行本の『まっぷる　バリ島'16』で、モノクロな留置場生活にリゾートの風を吹き込んでくれた。

他の第八居室の面々が何を読んでいたかというと、まず室長は、毎日三冊の週刊誌や雑誌が差し入れで入っていた。彼は留置場生活が一二〇日を超えていたので、三〇〇冊以上の雑誌を読んでいたことになる。あらゆる週刊誌を読み漁っていたが、印象的だったのは金持ちが読むようなハイファッション系の雑誌や、『おとこの腕時計HEROES』などの高級腕時計ばかりが載った雑誌、それからやはり『週刊実話』『週刊大衆』のような暴力団情報が載っている雑誌は欠かせないらしい。やはり裏社会の住人らしく『そこまでやるか！　裏社会ビジネス――黒い欲望の掟』は彼に借りて（貸し借りは禁止なので、こっそりと）読んだのだが、〝全部知ってる内容〟だったそうだ。

ちなみにこの本の著者、丸山佑介さんって凄い人だなあと思っていたら、先日、紀行バラエティ番組『クレイジージャーニー』（ＴＢＳ系）でジャマイカのゲットーに潜入し、マリファナ農家に取材を敢行していた丸山ゴンザレスさんの別名であることが分かった。風貌が俺に似ていると周囲ではちょっとした話題になっており、逮捕以前には何度かツイッター上でやり取りもしていたのだ。

世界の危険地帯に乗り込むジャーナリストだとは知っていたが、裏社会にも造詣が深いことにまずは驚いたし、ブタ箱の中で大物詐欺師に借りた本が丸山さんの本だったことに、またしても驚いた。

そしてボスも同じく『週刊実話』や『週刊ポスト』『週刊大衆』などの週刊誌、ゴルフ雑誌の『ＡＬＢＡ』などは必ず読んでいた。それから「リアルだな〜」と思ったのが、『排除社会の現場と暴対法の行方（シリーズ おかしいぞ！ 暴力団対策）』を読んでいたこと。「こういうの勉強しなくっちゃねえ」と笑顔で言っていたのが印象的だった。もろに生活に影響してくるトコロだからね。

そして注目は、ベトナムゆとり世代ことサン青年。基本的に本の差し入れは担当官の検閲が入るので、日本語以外の本を入れるのは困難である。だから日本語がロクに読めないサン青年は、官本の中で一番読みやすい『ドリトル先生アフリカゆき』を毎日のように借りていたが、前半四分の一くらいのページをずっと開いていて、ちっとも進んでいなかった。

「サンちゃん、分かるの？」と訊くと、「ヒラガナ　タマニ　ワカリマス」と言っていた。

たまに分かるくらいじゃ、ちっとも面白くなかっただろう。辛かったろうなあ。

しばらくすると、ベトナム人の友達が面会に来てくれるようになり、色々と差し入れをしてくれるのだが、微妙に的外れな物が多く、『ドラえもん』は良かったが、一緒に入ってきたドぎついエロスの劇画『叶精作セレクション　天才整形医・神技一郎〈コールガール〉』は予想の斜め上を行っていた。

ベトナム語と日本語の辞書も差し入れられてきたのだが、日本の漢字熟語のベトナム語解説みたいな辞典だったのでさっぱり役に立たず、おまけにこれを枕にして昼寝していたところを担当官に見つかり、すげー怒られて没収された挙句、〝書籍類　三日間室内持ち込み禁止〟になってたのがまた悲惨だったけど、笑ってしまった。

二〇一五年三月二三日　保釈が来なかった日

前項でも説明したが、留置場とは、ある事件の犯人と疑われる人物を、取り調べ期間中に逃げたり証拠を隠滅したりしないように閉じ込めておく施設である。通称ヨンパチと呼ばれる、四八時間にわたり外部との接触を一切禁じられる最低勾留期間、この期間の取り調べで疑いが晴れればそこで釈放。まだ取り調べの必要があれば一〇日間の勾留延長がなされる。それでも終わらなければ更に一〇日間の延長。なので普通の事件であれば、四八時間プラス二〇日間で留置場の勾留期間の満期ということになる。

取り調べを終え、担当の検事により起訴されると、通常は留置場から裁判を待つ施設である拘置所に送られて裁判の日を待つことになる。通常は起訴されてから長くて二カ月程度、拘置所に入ることになるのだが、逃亡や証拠隠滅の恐れなしと判断されれば、本来は拘置所に入って待たなくてはいけない裁判までの間、保釈金を支払い申請が通れば外に出ることができる。それが〝保釈〟である。要は裁判が行われる日まで、中で待つのか外で待つのか、というだけの話である。が、中と外では大違い。誰しもが保釈を受けたいのだ。しかし重大な罪であるとか、保釈中にまた何かやらかしそうだとか、何らかの拘束が必要であると判断されれば、保釈申請は通らない。とりあえず俺（大麻所持・初犯）くらいの罪だと間違いなく通る、というのが通例のようだ。

ちなみに保釈金は裁判までの一時預かり金なので、指定された裁判の日に出廷すれば返還される。要は、保釈金とは裁判までの間に逃げないように取る〝人質〟ならぬ〝金質〟なのである。

そして今、俺はもうすぐ満期だ。先ほど起訴通知が来たのだが、保釈の請求が通ったのか通らなかったのか分からないまま、未だこの身は檻の中である。

満期の三日前、室長から「保釈金の準備とか大丈夫ですか？　ＡＴＭだと一日に五〇万円ずつしかおろせないから、土日を挟むんで今日から動いておかないとまずいですよ」とアドバイスをもらう。さすが振り込め詐欺の鉄人！　ＡＴＭの限度額までチェックしている。「うわ、マジですか！　早く出たいから、すぐ弁護士さん呼んで聞いてみます！」

「いや、マジでちゃんと伝えてやってもらった方がいいですよ！」

な、何て親切なんだ、室長……。俺はすぐに選任弁護士を呼んだ。

検事の意向で、裁判自体は〝即決裁判〟という簡略なもので行われる方針は聞いていた。即決裁判とは、起訴から一四日以内に公判が行われ、通常は複数回の裁判を経て判決が下るものなのだが、即決形式だと一回で判決が出るのだ。初犯やションベン刑（数年未満が求刑されそうな軽い刑）の時に適用され、有罪判決が出て、懲役が求刑されたとしても執行猶予が付くというものだ。

俺の選任弁護士を務めてくれているＹ子弁護士先生は、その即決裁判ということでひと安心していたのか、俺が「保釈関係の手続きってどうなってます？」と訊いたところ、「高野さん、ここでの生活に慣れてきたって言ってたから、どうせ一四日以内に裁判だし、保釈請求するかどうか迷ってて、明日会って訊こうと思ってたんですよ～」と。

「お、オイ！　この眼鏡ッ娘！　迷うのはアンタの仕事じゃない！　こちとら慣れてきたとはいえ、一分一秒でも早く檻の外に出たいんじゃボケえええ!!」とブチ切れそうになったが、「た、頼みますよ！　外で感じる一四日間と中にいる一四日間じゃ全然違うんですよ!!　保釈金の用意も聞いたやり方で間に合うみたいなんで、すぐにお願いします!!」と伝えた。

二三日が勾留期限の満期で、恐らくその日の朝に起訴状が出るので、すぐに申請を出せば最速でその日の夕方には仮釈放が出るはずだと室長は言っていた。弁護士よりも室長の方が詳しいってどういうことだよ……と思いつつも、頼れるのはY子弁護士先生だけだ。よろしくお願いしますよ！

そして二三日。今日は満期の日である。もしかしたら外に出られるかもしれないのだ。いつも通りに担当官達の「起床ォォォ！」の絶叫で起こされ、官本の小説を読みながら時間が流れるのをひたすら待つ。室長は親切な人ではあるが、保釈の可能性がある奴を煽ったりヌカ喜びさせることを楽しみにしている。「いや～、高野さん、今日出られますねぇ～」「出たら何食べるんすか～？　ラーメンもいいなぁ～、寿司もうまいよなぁ～」などとやたら

〝シャバ出たら何するんすか話〟を振って希望を持たせてくる。

こちらもその手口が分かってるので、浮ついた感じにならないように「いやいや、分からないですよ！　保釈請求通らないかもしれないし！」と答えるも、「クサ（大麻）で保釈が出ないことなんてないですから！　出れるって！　いいなぁ〜！　シャバいいなぁ〜！」とむやみやたらに期待を煽ってくる。

一六時から一七時の間が、最初に声がかかる可能性がある時間だ。「三九番、荷物まとめて！」の声がかかるのを期待して静かにその時を待っていた。しかし、何もない……。まぁそんなもんだろうな、と心を落ち着かせる。

そして一七時の夕食の時間。「そうか、もう一食この中で食べることになるのか……」

次のチャンスタイムは、一八時から一九時の逆送組が留置場に戻ってくる時間だ。この時間も保釈の可能性があるのだ。しかし起訴の知らせが届いただけで、保釈はなし。

今日は終わった……。無駄にドキドキした分、失意のどん底に。

結局夜になってもY子弁護士は来ず、精神状態は完全に宙ぶらりんである。何事もなかったように就寝準備からの洗面、就寝である。

そして翌日。今朝はもしかしたら⁉　と期待を込めて官本の小説を読み続け、ひたすら夕方まで時間が過ぎるのを待つ。

いよいよチャンスタイムの一六時になった。ひょっとしたら保釈申請は却下だったのか？と思いながら時間はゆっくりと過ぎていくのだった。

外に出る

その日は突然やってきた。最速だと二二日目にはお迎えが来るはずだったが、残念ながら来なかった。その模様は前項で書いた通りだ。来ない日が長く続けば、原稿はパート2、パート3と続くことになっただろうが、幸運にもパート2は書かずに済んだ。二三日振りに外の世界に出ることとなったのだ。

突然「三九番、ロッカーの荷物まとめて！」と担当官から声がかかった。

「ハイ！」と返事し、廊下に出る。自分のロッカー三九番から荷物を取り出す。着替えやノート、便箋、それから差し入れでもらった雑誌や書籍（六冊まで入れておける。房に入れてよいのは三冊までで、それ以上は留置場の受付で保管）を取り出す。

釈放の時どんな感じで呼び出しがあるのかは室長から聞いていたので、すぐにそれと分かった。「いよいよ来ましたね。お疲れさまでした」と室長に言われ、「お世話になりました」と頭を下げて廊下に出て荷物をまとめた。

ボスとサンは取り調べ中で不在だったので、二人には別れを告げることができなかった。もう二度と会うこともないだろうから、この場を借りて改めて御礼しておきたい。色々とお世話になりました。その節はどうもありがとうございました。

そのまま受付まで連行され、「釈放ォォォォウ！」の声でドアから通路に出される。その瞬間、担当官の態度が下級市民から一般市民への扱いに豹変するのである。

「お疲れさまでした。荷物はあそこにありますので、取りに行きましょう」

ついさっきまで命令口調だった人間がいきなり〝ですます調〟で話すようになるのは、もの凄い違和感だ。あまりに腰の低い人間への変貌ぶりにあっけに取られていると、「外に出たらもう被疑者じゃないですからね」と声をかけられ、ますます不気味に思った。

荷物がある部屋へと丁重に通され、入る時に押収された荷物をチェックする。タバコ、CD、USBメモリ、ヘッドホンと、ご丁寧に全てチェック表が付けられている。

二三日振りにBAYHOODのキャップを被り、寅壱の安全靴に足を入れる。「ああ、これでひとまず外に出られるのか……」と実感した。

例のトメ服として寄付する服や、官本として寄付する本をより分けるなどの荷物の選別をしている間、担当官が「いやあ、たくさんの人が面会希望に来てましたよ。有名な人なんですねぇ」とか「この本、面白そうですね」などとやたらに話しかけてくる。

ちなみに「面白そう」と言ってたのが、友人のDJアボ君が差し入れてくれたコロッケさんの本『母さんの「あおいくま」』であった。彼はコロッケさんのファンだそうだ。声がやたらと明るいのが妙に腹が立ったが、コロッケさんのファンに嫌な奴はいない、と勝手に認定したのと、ここでモメたら台無しなので、「そうですね。おかげさまで」と大人な対応をしつつ談笑する。仕事とはいえ、ここまで急に人への態度って変えられるものかね。俺には無理だわ。

というわけで荷造りも無事終わり、丁重に一般市民様として扱われながら、取り調べを受けていた第四課の前を通ってロビーまで連れていかれた。ロビーで待っていてくれたのは彼女と弁護士のY子先生。俺がヤクザの親分だったら屈強な若い衆が出迎えに来ているところだろうが、そういうことはもちろんない。

彼女とも面会では何度か会っていたけれど、こうしていざ外に出てみると大変バツが悪いものである。とりあえず謝るしかなかったので、謝ったことは覚えている。

「とりあえずお疲れさまでした。裁判の前にまたご連絡します」とY子弁護士に言われ「よろしくお願いします。お世話になります」と頭を下げた。そして捕まった時に押収されたバイクが地下駐車場に保管されていたので、刑事に案内されて取りに行った。

まだ肌寒さが残る三月の夜、外に出ると渋谷の夜の光が眩しかった。こうして書くと詩的な感じだが、二三日間蛍光灯の明かりしか見ていないと、街の猥雑さや情報量の多さに本当に驚く。相当、中の景色に慣れ切っていたんだなと思った。たった二三日間でこれなのだから、数年、数十年の刑期を終えて刑務所から出てくる人の目に、社会はどのように映るのだろう。体験をした人でなければ絶対に分からない感覚なんだろうな。

そうそう、外に出て最初に何を食べたか、というのは興味があるところだろう。

「何が食べたいの？」と聞かれて「炭酸飲料」と答えたら呆れられたが、本当にそうだったので、警察署の隣にあるコンビニに入りコーラを買った。そして一気に飲み干す。「いやあ、炭酸が強いな～！　うまいな～！」普通にそんな言葉が出た。

それからアシパンのオーナーと話をすることになっていたので、交通法規に普段の一〇〇〇倍くらい気を付けながらバイクでアシパンに向かった。

渋谷の風は肌寒かった。

判決の日

仮釈放されてしばらく経ち、いよいよ裁判の日がやってきた。

俺の場合は〝即決裁判〟というもので、通常裁判は起訴されてから二カ月以内に行われ公判自体も数回に分けて行われるが、この即決裁判は、事案が明白でありかつ軽微であること、証拠調べが速やかに終わると見込まれる事案に対して、被疑者の同意を条件として行われる。

東京地検で俺を取り調べたおじさん検事が「君は罪を認めてるので即決でやろうと思うんだが」と言っていたので、その旨を了解したのである。

即決裁判は起訴から一四日以内に行われ、判決は原則として即日出る。また、その場合、有罪判決であっても懲役または禁錮の判決を言い渡す時は必ず執行猶予がつけられることになる。つまり即決裁判で裁判を行うということは、執行猶予つきの判決が出るということなので、いきなり刑務所の可能性はなくなるのだ。このシステムは原則として被害者なき犯罪（自己使用目的の薬物犯罪など）について適用されることが多いらしい。

ここまでの流れは、逮捕→四八時間勾留→一〇日間の勾留延長→一〇日間の勾留延長→保釈金を支払っての保釈（その間の謝罪廻り）→即決裁判（今日）となっている。

裁判のために準備することが少々ある。当日行われる被告人質問の受け答えメモを作ったり、反省文を作って事前に裁判官に提出するという作業だ。反省文は、二〇日間の勾留延長を差し止めする要求の際に書いたものを手直しした。

余談だが、〝反省文の鉄則〟というものがある。これは、今回大変ご迷惑をおかけした一人であるユニバーサルミュージックの寺嶋真悟氏に教えてもらったのだが、反省文には三段落が必要で、〝過去、現在、未来のことを書く〟のが鉄則だそうだ。その三要素のどれか一つでも欠けていると「コイツ、反省してないぜ！」「反省の色が見えないな！」と突っ込まれ、ネットに掲載した場合、炎上する恐れがあるそうだ。

メジャーなレコード会社だと〝ネット上の炎上対策セミナー〟なるものがあるらしく、そこでその知識を身につけたと話していた。いやはや凄い世界だ。

アシパンのホームページやFacebookで俺の反省文をご覧になった方は分かると思うが、その鉄則を忠実に守った文章になっていると思う。本人が十分に反省しているのに文面に手落ちがあったせいで「反省の色が見えない」と言われるのは、あまりにもいたたまれない。もしあなたが会社の失敗などで反省文を書くハメになったら、この鉄則を守れば問題ないだろう。まぁそれでも怒る人やとやかく言ってくる人はいるだろうけど、それはもうどうしようもない。
　被告人質問の草案は弁護士Y子先生が、俺の今までの話や反省文を元に作成してくれていた。被告人質問は裁判のメインとなるもので、弁護士から被告人に、そして起訴した検察官側から被告人に対して質疑応答のやり取りをするものだ。それに証拠や情状酌量の部分を審議して、裁判官が判決を下すわけだ。自分が依頼している弁護士からの質問なので、何を聞くかどう答えるか、という打ち合わせは予《あらかじ》め準備できる。俺の場合の被告人質問の草案は、このような感じである。

弁護士「先ほど裁判官が起訴状を読まれましたが、その公訴事実について間違いはありませんか」
被告人「はい」
弁護士「あなたには前科前歴はありますか」
被告人「ありません」
弁護士「ということは今回の逮捕勾留が、あなたにとって初めての身体拘束でしたね」

被告人「はい」
弁護士「約一カ月ほど身体拘束されてどうでしたか」
被告人「非常に辛く、もう二度とこのような経験はしたくないと思いました」
弁護士「あなたはいつから大麻を使用するようになったのですか」
被告人「平成二六年の一二月末からです」
弁護士「大麻を使用したきっかけは何だったのですか」
被告人「私は一八歳の時から音楽の仕事をしているのですが、なかなか売れず行き詰まっていました。そして音楽をするにはやはりドラッグ体験が必要だと勘違いしてしまい、使用を始めました」

※高野さんの言葉で。

こういった台本で前日、弁護士事務所で軽くリハーサルみたいなものをした。

「はい」「いいえ」で答えられるものだけなら楽だが、込み入った質問もあるので、それなりの暗記が必要である。

裁判で台本があるとはおかしな話だが、これは普通に行われているそうで、自分も例に漏れずこういった草案を元に自分の答えを作って準備していった。前日は彼女に弁護人の役をやってもらって、スムーズに答えられるように練習した。ラジオでのフリートークとは違い、決められた言葉を暗記して話すのはなかなか難しく苦労したが、最終的にはキーワードだけ覚えておき、自分の言葉で答えるようにした。

このように弁護士からの被告人質問は予め準備できるのでそれほど心配はないが、弁護士の後の検察側による被告人質問は、何を聞かれるか分からないので準備のしようがないし、厳しい突っ込みが入る可能性があるので、落ち着いて思ったことを答えてくださいとのアドバイスを受け、いよいよ当日に臨む。変に知り合いの傍聴人が多くても嫌なので、いつどこでということは周りの人達には黙っておいた。

霞が関にある東京地方裁判所四二三法廷にて、一〇時三〇分からの予定であった。さすがにTシャツとジーパンはまずいということで、当日は唯一自分が持っている背広というか喪服に、ストライプのネクタイという姿で向かう。

霞が関に向かう電車の中、「〇〇映画学校　裁判所見学の手引き」みたいな紙片を持つ若者がいた。なるほど、映画の勉強で裁判を傍聴することもあるんだな。

裁判所はデカい。勾留質問で来た時は、手錠で繋がれたまま全面スモークのかかった警察のバスで護送され、地下の被疑者専用の入り口から入っただけだったから分からなかった。

裁判所でY子弁護士先生と合流し、自分の裁判が行われる法廷へ向かう。

昭和五八年に完成した東京高等裁判所、東京地方裁判所および東京簡易裁判所（刑事部）の合同庁舎は地上一九階、地下三階におよび一五〇を超える法廷を持ち、延べ床面積は約一四万平方メートル（東京ドームのグラウンド面積の約一〇倍）。また、一日の利用者数も一万人を超えると言われており、名実共に世界有数のマンモス裁判所だ。

裁判所でY子弁護士先生と合流し、自分の裁判が行われる法廷へ向かう。

俺の公判が行われる法廷は小さいタイプのもので、会議室のような雰囲気だった。よくテレビドラマで見るような全面木目張りの法廷とはちょっとイメージが違った。傍聴席は三〇席程度で、室内は明るかった。

その日のタイムテーブルに合わせて、次々と裁判が行われているらしい。俺が到着した時はまだ前の裁判が行われていた。ドラマや映画などで見たことはあるが、実際はどのような感じなのかを見ておくために傍聴席で前の裁判を見ることにした。傍聴人は裁判中でも自由に出入りでき、受付もなく、割とフランクな感じなのが意外だった。

恐らく大きな事件だと傍聴券は抽選になったりするのだろうが、自分のようないわゆるションベン刑にはそれはなかった。というか、なくて良かった。

傍聴席につくと、前の被告人が判決を言い渡される直前だった。

即決でない通常の裁判だと、公判の結果が出るのに数カ月かかることもある。俺の前の被告人は数カ月間、裁判を闘ってきたのだろうか、この日は判決だけを申し渡される裁判であった。

正面に厳格そうな顔をした年配の裁判官がおり、向かって右に弁護人席、左に検察官席、書記だかなんだか分からない人も数人いて、傍聴人を除いて九人か一〇人くらいいる。

被告は善良そうな気弱そうな二〇代中盤くらいの青年で、罪状は「住居侵入し女性の両乳房を触る。自転車に乗って女性のハンドバッグをひったくり（被害額は一万六千円）。その際に軽傷を負わせた」ことらしい。

彼はお詫びとしてそれぞれ被害者に二万円ずつの賠償金を支払ったことや、反省していることを弁護人が告げる。

しかし裁判長の判断により、彼の罪は重たいと判断され、初犯にも関わらず執行猶予なしの二年の実刑が科せられた。

　どうしても女性のおっぱいを触りたかったのだろうか。そのお金もなかったからひったくりをしてしまったのだろうか。

　男なら分かるだろうが、〝モテない、金ない〟ということは本当に苦しいことだ。そんな奴は俺の周りにもゾロゾロいるし、俺自身も魔が差していたらそういうことをしていたかもしれない。

　判決を言い渡された後の彼の表情は見えなかったが、深くうつむいていた後ろ姿に、胸が詰まる思いがした。性犯罪系は刑務所内でもバカにされたりして立場が弱いらしい。

　たった今、彼の今後の二年間の人生は決まってしまった。前科者に対する世間の目、社会復帰のキッさを考えると、ここは本当に人間の運命が裁かれてしまう恐ろしいところだと思う。

　俺ももちろん法律を破ってここに来ているのだが、目の前で一人の人間の投獄が決定される瞬間を見てしまったことは結構な衝撃だった。

　判決を言い渡された後、彼は警察官に手錠と腰紐をかけられ、法廷の奥の方の小さな扉に連行されていった。

手錠と腰紐で彼が拘束されるのを見た瞬間、二週間前の記憶が蘇った。俺もああして手錠と腰紐をつけられて地検の中を取り調べで連行されていたんだなぁと思うと、何とも言えない気分になっていた。二度とあの気分は味わいたくねえな、と。

前の裁判が終わると、特に呼び出しも何もなく、傍聴席から法廷内に入るように弁護士に促され、被告人席についた。

にわかに俺の裁判が始まった。傍聴席をチラ見すると、そこそこ席が埋まっていた。なぜか九割が若い女性で、「俺、こんなに若い女性のファンいたかな～？」と思ったが、多分この子らは先ほどの映画学校かなんかの生徒で、俺のことなんぞ知らないのだろう。裁判の傍聴を趣味にしている人もいるらしいが、多分「高野政所の裁判だから」ということで来てる人はいないと思う。実際その女の子達は、見たことない顔ばかりだったし。

裁判長からこれから裁判を開始することを告げられ、お決まりの黙秘権などの説明を受ける。名前、住所、本籍地を言わされてから、検事による罪状の読み上げと証拠の提出。

検事は二〇代後半くらいの女性で、スーツをビシッと着こなした、ちょっとSッ気が感じられるような知的なタイプだった。

読み上げが終わると、弁護人から反省文の提出があった。普通、反省文は裁判長が受け取り、その場で黙読するものだと言われていたが、なぜか裁判長は「では、その反省文を読んでください」と言い、俺ではなく、弁護士が朗読させられた。自分の書いた文章を他人に朗読されるのは結構恥ずかしいものである。それも反省文だし。しかもY子先生、カミカミだったしな。

自分の反省文をY子先生に読まれる中、周りを見回してみると、裁判長の前の席に座った法廷服を着たおばさん（多分、書記？）が緊張感ゼロの弛緩し切ったツラでずっと鼻くそをほじっていた。「オイ！　裁判中やぞ！　人の人生が決まるって時に、このクソババアは悠長に鼻くそをほじりやがって！　畜生！　ブン殴ったろか！」と思ったが、殴って傷害の罪が追加されたらシャレにならないのでじっとおとなしくしていた。

いきなりの朗読要請に面食らったものの、気を取り直して被告人質問となる。これは打ち合わせと練習を入念にしたので問題なく終了した。そして、いよいよ懸念の検察官側からの被告人質問だ。

例の一見して女王様タイプの検察官がどんなに厳しい追及をしてくるんだろう……きっとこれは厳しいぞ、と身構えた。

が、質問は拍子抜けするほどあっさりと終わってしまった。そこでのやり取りは本当にあっけないもので、押収されていた証拠の写真を見せられ「これはあなたの物で間違いないですか？」と聞かれ「はい」と答える。「これは大麻ですよね？」と聞かれ「はい」と答える。「もうこれはいらないですよね？」と聞かれて「はい」と答える。「では、質問を終わります」「……」以上。

「え？　これで終わりなの⁉」といった感じだ。完全に拍子抜けしてしまった。

いよいよ判決。しかし厳しかったのは検察官ではなく、裁判長だった。

判決の前に裁判長から厳しい追及を受けたのだ。「お前は取り調べの担当か？」ってぐらいに事件を起こした動機や今後のこと、更に突っ込んだ質問をされてしまい、完全にアドリブで答えるハメになったため、少々狼狽した感じになってしまった。検事じゃなくて裁判長自身が、ここまで被告にグイグイ迫ってくるなんて想定外だよ！

その後判決が下され、俺は懲役六カ月、執行猶予三年の立派な前科者となって晴れて保釈されることとなった。Y子弁護士も「あそこで朗読させられるなんて思いませんでしたよ～、カミカミですみませんでした。あと検察官じゃなくて裁判長が厳しかったですね。でもあの裁判長は更生させようっていう正義感の強い人なんで、ああいった形になったのでしょう。多分、検察官の質問がゆるかったこともあって、厳しく来たんじゃないですかね」と言っていた。なるほど、でも俺はそれよりも、鼻くそをほじりまくっていたあの書記のババアの方が気になったけどね。

　というわけで、こうして俺の人生初、そして二度と体験したくない逮捕、勾留、起訴、裁判という一連の流れは終結した。

第二章　前科おじさん

人生の一回休み（釈放後一週間の時点での手記・二〇一五年八月二〇日）

ここまでは多少面白おかしく留置場での生活を書いてきたが、本章はシャバの生活に戻ってから一週間が経ち、やっと〝これが当たり前〟といった感覚が戻ってきた時に書いたものだ。

これまでの自分の生き方を振り返ると、決して悪の道を生きていたわけではないが、一般社会の中では違う意味でアウトローだったと思う。まともな会社に就職もせず、人を面白がらせたり喜ばせたりすることで何とか生きてきた。こんなメチャクチャな人生でも、周りの人達に愛してもらい、支えてもらって今まで生きてきたんだなあとつくづく思う。こんなバカ野郎がここまで生きて来られたことに感謝しないといけない。それなのに本当にバカバカしいことをしたな、と思う。

この先、音楽で大ヒットを出して人生一発逆転ということもないだろうし、前科者の俺が何を言ってもやっても喜んでくれる人なんているんだろうか……。そんな恐ろしく大きな絶望と後悔が心にズッシリと重い影を落とす。「そんな思いをするくらいなら、やんなきゃよかったじゃねえか」という話だ。まさしくその通り。ぐうの音も出ない。

　留置場の中では色々なことを知ったが、やはり〝裏社会〟というものが確実に存在していることが分かったのは本当に衝撃だった。眠れない夜に「俺もここにいる人達のようにいっそ裏社会に身を落としてしまおうか？」とまで考えたこともある。裏社会の人達は腹が据わっている。留置場の中でも割と明るい。そんな明るさに大いに助けられたこともある。でもこの人達は、前科があっても刑務所に入っても、シャバに出れば周りには罪を犯すことに対して偏見のない、罪を犯して生きていくことが当たり前の人達にまた迎えられるのだ。裏社会という帰るところがある。正直うらやましい部分もある。

　しかし俺にはそんな度胸も根性も覚悟もない。表社会を前科者として生きていかねばならないし、今後更正して法を犯さないで生きていくとしても、俺を真っ当な人間として見てくれる人はいるのだろうか？　そんな気持ちで外に出た。

　そして、仕事で迷惑をかけた人達、心配してくれた人達に謝罪をして廻った。こんな俺を信頼してくれていた、見捨てないでいてくれた人達は、「捨て鉢にはなるな。ちゃんと謹慎して反省して、真っ当な道を歩め」と言ってくれた。気心知れた昔の仲間達は「逮捕されたって聞いて面白かったし、笑ったわ」とネタのように捉えている連中もいて、正直そういう対応の方が自分的には助かるところもあったが、もちろん厳しい対応の方々もいた。「謝罪をしたいので、会いたいです」とメールを送ったこと自体を、快く思っていただけなかったりもした。まぁそれは仕方ないというか、そういった方々に交流を絶たれるということも自分が犯してしまった罪の報いでもあるのだから、甘んじて受けるしかない。特に仕事関係においては、犯罪者が仕事に絡んできたら困るというのも当たり前の話なので、それに関しても不平不満は全くない。

ネット上では、遠方のラジオリスナーから「犯罪者はもう二度と戻ってくるな！　死んじまえ！」くらいのツイートもあったようだ。ショックを受けているのだろうなと思ったし、そういう気持ちにさせてしまって申し訳ない、という思いはもちろんあるが、見ず知らずの人達に「死ね」とまで言われるのは正直凹む。

刑事的責任においては、裁判という国で決められた正式な手続きを踏んで、一応、懲役六カ月、執行猶予三年という形で罪を償っている身なのだから「死刑」を言い渡されていない以上は「死ね」と言われても困るのだが……。それでもこの国で生きていくということは、この国のルールに従わなければ、命は取られないにせよ社会的には抹殺されたようなものなのかもしれない。

「人生行き当たりばったりの出たとこ勝負」という言葉は、ガモウひろし先生のデビュー作『臨機応変マン』の主役、臨機応変マンのモットーだが、これを小学生時代に読み真に受けてここまで生きてきた男の人生は、一回休みのマスに止まったわけだ。

今は謹慎する。そして反省する。よく考えてみる。

そしていろんな足枷、ペナルティーをつけてしまったとしても、もう一回サイコロを振ってみるしかないのだ。

捨てる神あれば拾う神あり【パート1】（二〇一五年九月二八日）

シャバに出てきた。

何でもないようなことが幸せだったと思い続けた留置場生活だったが、無事保釈請求が通り、再び外の世界に出ることができた。自分の家に戻りこの二三日間を思い返してみると、まるで長い悪夢を見ていたような気分になったが、これは現実である。厳しいのはこれからだ、と自分に言い聞かせた。とりあえず見捨てないでいてくれた彼女には、最大限のお詫びと感謝をこの場を借りて送りたい。ごめんなさい。そして、ありがとう。

まずは社会的な償いをしなければならない。急いで仕事関係で迷惑をかけた方々にアポを取り、順繰りにお詫びと今後の話をさせてもらいに行った。多くの叱責を受けるだろうと覚悟していたのだが、意外にも「いや〜心配しましたよ」と優しい声をかけてくださる方が多かった。

音楽仲間にも連絡を入れた。GUNHEAD（OZROSAURUS/HABANERO POSSE）は、俺の逮捕のニュースが出た後、速攻で報道アナウンスを曲に混ぜてblock.fmで流してネタにしたらしい。さすがガンちゃん。ちなみに、そのニュースを録音して素材として確保していたのはDORAMARUで、これらはLEOPALDONメンバーの心暖まる連携プレイだった。

それから印象深かったのは「TOSHIHIRO（ex. MAD刃物）に電話をした時。開口一番「政所さん面白かったです！　まあ心配もしましたけどね」と言ってくれた。これにはかなり救われた。明らかにやらかしちゃったことを笑いで済ませてくれる、そんな信頼できる男達に俺は囲まれていたのだなあと我が身の幸せを改めて感じたのであった。

それでもツイッターをはじめとするSNSでボロクソに言われてるのは何となく分かっていたし、ご丁寧にも俺が中に入っている間に「政所」でエゴサーチをかけて、いわゆる〝ネットの声〟を逐一チェックしてくれるような人もいた。

聞いたところによると、俺が覚醒剤で逮捕されたことになっているつぶやきもあったとか。情報はどんどん改変されるなあ……。

ツイッターといえば、逮捕されたことでフォロワーが三〇〇人くらい増えていたのには苦笑するしかなかった。あれ以来ツイートは一切していなかったので面白くなくなったのだろう、その野次馬三〇〇人は今ではすっかりいなくなったようだ。世の中は得てして下世話なものである。人の噂も七十五日といったところだろうか。

皮肉なことと言えば、ラジオに出たりメジャーデビューしたり、毒蝮三太夫さんとコラボしてテレビ放送されたりした時には一切連絡をよこさなかった従兄弟（この従兄弟は八〇年代にヤンキー雑誌『チャンプロード』に載ったりしていたタイプ）から、何年か振りに連絡があったことだ。

三年前に両親を亡くしてから親戚とは全く連絡を取ることもなかったのだが、ある日突然電話が鳴った。内容は「おう、大麻でパクられたのか？　執行猶予何年よ？　大変だなー、今後は気を付けろよな！」とあっさりしたモノだったけど、世の中良いことよりも悪いことの方が拡がりやすいのだな。まさに〝悪事千里を走る〟を体感する出来事だった。

手っ取り早く有名になる裏技として、逮捕されて報道されるということはもの凄い効果がある、というのは今回学んだことだ（良い子はマネしないでください）。

とにかく俺は、立派な前科者となったわけだ。世の中は前科者に厳しい、そんなことは誰でも分かっているし、これからの自分の社会生活にも相当な逆風と困難が待ち受けているのだろうと覚悟していた。

懸念の一つが引っ越し問題。逮捕された時、俺は都営浅草線の西馬込というところで彼女と同棲をしていた。新しい建物だが、間取り1Kのとにかく狭いマンションで、「独居なのになんでか二人」（羅王『独居房の夜』より）な生活で、いい加減狭いところには辟易していたので引っ越しの準備をしている最中だった。転居先も決まっていて、引っ越しは三月一六日の予定だった。しかし自分がパクられたのが三月三日なので、檻の中でその期日を迎えていたのだ。とりあえず保釈後は転居前の家に帰ってきたのだが、そういえば引っ越しの件はどうなったのだろうかと彼女に訊いてみた。

現在、俺は戸越銀座（東京都品川区）に住んでいる。物件を探している時、その町で一番汚くて古そうな不動産屋さんに決めて相談していたのだが、社長は気のいい未亡人のオバサンで、今はもともとの社長である亡くなった旦那さんの友達と一緒に経営しているそうだ。

そこで良い物件を紹介してもらい、気に入ったのでそこに決めていた中での逮捕、勾留であった。

彼女は正直な性格なので、こうなってしまったことを破談覚悟で不動産屋さんに全て話したらしい。すると不動産屋さんのおっちゃんは、若い頃ハワイアンバンドを組んでいた人で（当時のハワイアンバンドなんて言ったら、そりゃあもう不良なわけで）、「あ〜大麻か〜。俺も若い頃吸ってたなあ〜。はいはい、大丈夫、大家さんにはうまく言っとくからさ。心配しないでいいよ」という予想の斜め上の神対応で、事なきを得たのだそうだ。地獄で仏！捨てる神あれば拾う神あり！　神様、仏様、元ハワイアンバンドの不動産屋様だ！

とこのように、まずは住むところの心配はなくなったのだが、とはいえ店も畳んだし、音楽活動も休止した……。次は仕事を探さなければ。仕事探しの話でも〝捨てる神あれば拾う神あり〟的な素敵な展開が待っていた。

捨てる神あれば拾う神あり【パート2】（二〇一五年一〇月一三日）

活動自粛期間中ではあるが家賃や食費などのお金は必要なわけで、とりあえず収入源を確保しないことには始まらない。手っ取り早く求人情報を得るために、近所のコンビニの『タウンワーク』を持ってきた。一〇年以上振りの求職活動である。三八歳の前科者を雇ってくれるところなどあるのだろうか。雇ってくれるのであれば、ドブさらいでも人体実験でも何でもやる覚悟があった。

ユニバーサルの寺嶋真悟さんには、「日雇いとかで色々なバイトをやった方がいいですよ」と言われていた。だが、せっかくやるのだから、やっていくうちに技術が身につくような仕事はないものか、とちょっと色気を出して探していたところ、家の近所のマッサージ店のスタッフ募集の記事を見つけた。年齢・男女不問なので、看板に偽りがなければ俺にも応募資格はあるはずだ。

実のところ、俺はあんまり、というかほとんど身体が凝らない体質で、マッサージのお世話になったことはほぼなかったのだが、アシパンのお客さんでマッサージの心得がある人がいて、その人に揉んでもらった時にえらいＥＮＡＫ（気持ちいい）だった記憶と、バリ島にファンコット探訪の旅に訪れた時に、オカマのおじさんのバリ式マッサージ師に揉んでもらい（やたら肛門近くを丹念にやられた記憶がある）、それも気持ちが良かった記憶があった。なのでマッサージ師という職業に若干興味を持ってはいたし、俺の考えるＥＮＡＫ論上で言うと、ＤＪとマッサージ師は、形態が違えども同じＥＮＡＫ提供業なのである。ＤＪは一対多数で、マッサージ師は一対一で快楽を届ける職業であるということだ。また、ＤＪでは人をブチアゲる方向のＥＮＡＫ提供を散々やり倒してきたわけだから、今度は人を癒す方向のＥＮＡＫに行くのもまた面白いのではないかと思ったのだ。

そういやＥＮＡＫといえば、留置場で刑事からの取り調べ時にスマホも取り上げられＬＩＮＥの履歴も全部調べられた時、刑事に「オイ、ＬＩＮＥのやり取りにやたら出てくるＥＮＡＫって何だ⁉」と真顔で聞かれ、『タマフル』でも散々話をしたようにＥＮＡＫの解説をさせられるという経験をした。きっと新たに流通している危険ドラッグか何かの通称とでも思ったのだろうが、あいにくそれはインドネシア語で「美味しい／気持ちいい」の快楽全般を表す言葉であり、危険なブツを取り引きする際の隠語でも何でもないのだよ、刑事さん。

そんなわけでとりあえずダメ元で近所のマッサージ店に電話をしてみた。すると連絡をした翌日に面接するという話になり、約一〇年振りに履歴書というものを書いた。何度書いても自分が何年に学校を卒業したのかなどは全然覚えてないものだなあ。

職歴はテキトーに粉飾して、前職はバー経営（間違ってはいない）と書いておいた。もちろん賞罰欄にも「大麻所持で逮捕歴あり　現在執行猶予中」とはわざわざ書かないでおいた。

だってそれで落ちたら嫌じゃない。

そして翌日、面接の日がやってきた。街の小さなマッサージ店へ出向くと、店舗の奥の執務スペースに通され、恐らく三〇代の小柄なよく日焼けをした女性が対応してくれた。緊張した面持ちで履歴書を提出した。簡単なアンケートみたいなものを書かされている間に、女性は俺の履歴書をチェックしている。俺はそこで痛恨のミス、というか間抜けなことを無意識に履歴書の志望動機欄に書いていたことに気が付いた。「技術が身に付く仕事をしたい、手に職を付けたい」というのはよくある志望動機だったが、次に書いてあったことが我ながらどうかしてるし、アホすぎた。「地道に働きたい」と書いていたのだ。

つまり、それは今まで〝地道に働いてなかった〟ということを自分で言ってしまっているようなものだ。普通の人は大概〝地道に働いている〟わけで、わざわざこんなことを書く奴はどう考えても普通じゃない。自分では何とも思ってなかった時点でだいぶおかしい。明らかに世間一般の感覚とはズレている。仕事だか遊びだか分からないような状態で一〇年くらい生きてきたので、ごく自然に「地道に働きたい」と書いてしまったわけだ。

そこで彼女の目がギラリと光った。「あなた、普通の経歴じゃないでしょ?」その瞬間に〝真っ当ではない人間〟だということがバレてしまった。

もともと俺は人に嘘をついたり虚勢を張ったりするのがすごく苦手なので、諦めて正直に話すことにした。就活一発目、どうせ苦労することは分かっていたし、これで落ちてもどうってことないやと思い、これまでやってきたことや大麻でパクられて執行猶予中であることを全て話した。が、反応は意外なものだった。

「ふーン、そうなんだ。音楽やってるんだね。あたしMOOMIN（レゲエシンガー）好きなんだよねー。あのMOOMINもハッパで逮捕されてるし、ツイてなかったねぇ。ここじゃあなんだから、場所を移して話しましょう」と一気に砕けた感じになり、「アッ！　話が早い！」と俺は思った。

駅前の喫茶店へと彼女の後をついていった。よく見たら首の後ろに蓮の花のタトゥーが入っていた。そして喫茶店に場所を移して面接は続行された。

「基本的にウチんところは一年以上継続して働けない人は採用しない方針なんだよね。どうせすぐに音楽活動に戻るんでしょ？　それだとウチで採れないね」

「（何だよ、場所移してまで面接したのに採ってくれないのかよ！）じゃあ雇わない前提でいいから、とりあえず色々話をしましょうよ」

そういえば全くの他人と話す機会もしばらくなかったので、俺も楽しくなってきて色々と雑談しているうちに話が盛り上がってきた。レゲエの話、音楽の話、アジアの話と、気付けば三時間以上経過しており、見事に意気投合してしまったのであった。

で、結局「ウチじゃ採用できないけど、介護の仕事とかいいんじゃない？　地元で介護の会社やってる社長の知り合いいるし、紹介しようか？」と言われ、「介護かあ、あんまり考えたことなかったな。とはいえ雇ってくれないとしても、いい繋がりができたし、今日は面白かったからありがとう。仕事紹介の話も話半分で聞いておくわ」

こうして面接という名の三時間にも及ぶ雑談を終えて、帰路についた。すると、まもなく彼女から電話がかかってきた。

「これも縁だし、一年間こっちも必死で教えるから、ウチで働く？」という電話だった。

「じゃあ、お願いします！」

ということで、大した苦労もなく割とすんなり前科者おじさん（三八）のメシの種は決まったのであった。まさに〝捨てる神あれば拾う神あり〟という話。

入門！　マッサージ業界（二〇一五年一〇月二六日）

そんなこんなであっという間に決まってしまったマッサージ店への就職だが、ここで少しこの業界についての説明をしておこうと思う。

大きな商店街や駅前を歩けば、そこら中に〝整体マッサージ店〟や〝ほぐし屋〟などの看板があることに気付くだろう。いわゆる街のマッサージ屋さんには、マッサージという言葉が看板に使われているところといないところ、値段が一時間〇〇円と表記してあるところとしていないところなど、様々である。

一般にマッサージというのは医療行為で、厚生労働大臣認定の「あん摩マッサージ指圧師」の資格が必要なのだ。簡単に言うとマッサージという言葉が表記してある店というのは、あん摩マッサージ指圧師の資格を持った施術者が医療行為をする店舗であり、逆に有資格者がいないところはマッサージという言葉でなく、〝ソフト整体〟〝もみほぐし〟など、別の言葉を表記してあるのだ。

前者は医療行為なので保険が適用されるが、看板などに値段の公示ができない。後者はいわゆるリラクゼーションのサービスを提供することが目的となっており、〝あくまでも医療行為ではない〟ということで保険は利かない。一般的に値段が公示されているものは後者である。

あん摩マッサージ指圧師の国家資格を取るとしたら、高額な学費を払ってしかるべき学校に三年通うことになるので、なかなか大変な道である。

　街で見かけるマッサージ店はその二つが混在しており、皆さんがよくご存知の大手チェーン店はだいたい後者であるようだ。更に、タイ式や中国式などアジア系のところや、性風俗店スレスレのマッサージ店も混在しており、普通の店かと思ったらいかがわしい店だったとか、その中間に位置する店だとか、とにかくややこしい業界のようである。いかがわしい系も風俗店として届出をしているところとしていないところがあったりとで、また変わってくるらしい。クラブ業界もＤＪ業界もそうだけど、本音とタテマエ、違法と遵法が交錯しているのは世の常である。とはいえ、性風俗系を除いて、やってることは国家資格ありもなしもほとんど内容的には変わりがないのが現状のようで、結局は肩こりや腰痛に苦しんでいる人が症状の緩和や治療を目的にやってくるのである。

　この歳でイチから学校に通うのもなかなか大変なので、当然ながら俺が働くことになったのは後者の形態である。〝無免許医師〟にやってることは近いのかもしれないが、とはいえ何も技術がないままでは施術できるわけもないので、入ってから一カ月は研修期間であった。そこで一通りの施術方法を教えてもらう。面接を担当してくれたＡさんからマンツーマンで教えてもらうのだが、国家資格ではないとはいえ、体重の乗せ方やツボの場所といった技術的なことから、接客の仕方、事務作業まで、覚えることはなかなか多い。研修は一日三時間程度。ほぼ毎日通って一通りの技術を習得し、一応民間資格の〝リラクゼーショントレーナー〟という名前の資格を得たわけだが、何が大変って、それはもう指が超痛い！　心が折れる前に指が折れるかと思った。

どうやらこの手の仕事には〝指ができる〟という表現があるらしく、とにかく指ができるまでは我慢するしかないとのことだった。分かってはいたが、どんな仕事も楽じゃねーよなーという感じである。

そんなこんなで一カ月の研修期間が過ぎ、店舗に配属され、〝身体揉みしだきおじさん〟としての毎日が始まった。

週五日間、朝一〇時から夜八時までの一〇時間勤務。久々の真っ当な時間の真っ当な仕事なのだが、この仕事は給料が完全歩合制であり、お客さんの身体を揉んでる間しかお金が発生しない。初めのうちは指ができていないため、多く仕事をやろうと思っても指が持たないのだ。勤務年数二年とか三年の先輩は、一日に四〇〇分、つまり七時間近く人の身体を揉みしだいているのだが、新人はどう頑張っても二五〇分くらいで指に限界がくる。辛いわ稼げないわの厳しさで、ほとんどの人が一カ月ほどで辞めてしまうそうだ。

ちなみに心が折れて辞めてしまう人が多いのを見越してか、一年以内に辞めると研修費ウン万円を支払わねばならないという契約があるのだが、違約金を払ってでも辞める人も多いと聞く。なかなか過酷な仕事なのである。俺も禊《みそぎ》期間という気持ちがなければすぐにでも逃げ出していたかもしれないが、映画『男たちの挽歌』の一シーンを思い出し、ここは一つ頑張ってみようと思った。この映画の一シーン、それは元マフィアのホーが刑務所を出所してから就職先を紹介され、赴いたタクシー会社で冷たい対応をされる。断られるのかと思いきや、社長に「前科者？　ここにいるのは皆前科者だ。俺は前科者を雇うのが好きなんだ。俺も前科者だからな」と言われるあのシーン、俺はこの時ホーさんの気分だった。この身の上では仕事をさせてもらえるだけでも有り難いし、何か得るものもあるかもしれない、頑張ってみよう、と。ただホーさんの職場と違うのは、この職場で前科者は当然俺くらいだろうということだ。

指に関しては二カ月もすればだいぶできてきて、それほど苦痛はなくなってくるのだが、やはり歩合制の厳しさはある。実質、この仕事は実はキャバクラやホストとあまり変わらないところがある。技術も大事だが、要は自分のお客さんを掴むことが最重要なのである。〝指名制度がある〟というのはやはりそういうことなのだ。

技術は多分三割程度、あとはいかに中高年に受ける接客をしてお客さんの心を掴むのか、という点に尽きる。普通に暮らしていたら気がつかないが、よくよく見るとこの手の店は世の中にもの凄く増えている。俺の住む戸越銀座だけで、恐らく一〇軒以上あるだろう。このマッサージ店戦国時代のご時勢、飛び込みのお客さんなんてほとんど当てにできないのだ。朝から晩まで一〇時間勤務してお客を揉んでる時間はたった三〇分、ということもザラなのだ。何たる時間の無駄！　日給にして四〇〇〇円……こうなるとマジで死にたくなってくる……。

ということで、仕事にはありついたもののワーキングプアのど真ん中。今後どうやってマトモな生活を保つか、という課題が待ち受けていたのであった。

仕事と息抜き（二〇一五年一一月二日）

世の中で、マッサージ店に行く人はどれくらいいるのだろうか。街にこれだけたくさんのそれ系の店があるということは、それだけ多いのだろうし需要があるのだろう。

あまり身体が凝ったりしない自分は、マッサージはリラクゼーションや一時的な娯楽のようなものかと思っていたし、ＥＮＡＫ（快楽）を提供するサービスであって、世の中に絶対に必要な仕事だとは思っていなかった。しかし働き始めて分かったのは、この世の中とにかく疲れている人が本当に多いし、こういう商売は結局のところ定期的に通う人によって成り立っているということだ。つまりマッサージなしには、まともに生活できない人達がたくさんいるということだ。ＥＮＡＫではなく回復、治療に近い。

毎週同じ人が、同じように身体をガッチガチに強張らせて来店する。肩こりがひどすぎて頭痛を訴える人や、「痛い！　痛い！」と声を上げながらマッサージの力に耐える人もいる。その時は全力でほぐしてあげるのだが、また一週間後ガッチガチになって来店する。基本的にこういった施術は一時的には楽にはなるが、根本治療ではないのである。

人々は日々の仕事で身体を疲弊させていく。もちろん生きていくためのお金を稼ぐために仕事をするわけだが、その仕事で受けたダメージを紛らわすために仕事で得たお金を使う。お金でダメージを紛らわせて仕事をして、お金を稼ぎ、ダメージを蓄積する。そして得たお金でまたダメージを紛らわす。自分で修理費を出しながら、またぶっ壊し続けるという永遠のループなのである。

「そんなダメージを受けるような仕事辞めちまえ！」と言ったところで生活していくためには「ハイ！　辞めた！」とはいかないわけだ。マッサージをする側も、やはり身体にガタがきて他のマッサージ店に通ったりしているし、こうして経済と世の中が回っているのだと思うと、何とも言えない気持ちになってくる。

例えばその仕事が、自分がダメージを受けているのにも気付かないくらい面白すぎて、生き甲斐と言ってもいいほどのもので、しかもお金も稼げるのであれば、毎週毎週お金を払ってでも身体のメンテナンスをして次の仕事に向かうのも納得であるし、逆にそんなに面白くて夢中になれる仕事ができているのであれば、それも本望だし幸せだろうと思う。

そういえば自分はここ一〇年、仕事がつまらないとか嫌でたまらないという気持ちになったことはなかったなぁと思い返した。お金はあまりなかったけれど、仕事も遊びもあんまり区別がなかった。そう思うとだいぶ幸せだったのだろうと思う。

「そうか、こういうことか！」

アシパンをやっていた時、毎週末（ヘタすりゃ平日も）パーティーの場所を提供しその場に立ち会ってきたが、みんな普段の仕事でストレスがたまっていたのだ。だからあんなにもハジケて、盛り上がっていたんだなあ。デス山さんなど、理性までブッ飛んだパーティーピープルの顔が思い浮かんでくる。こんな気持ちを思い出したのは本当に久々だった。

今は俺も週に五日、朝から晩まで緑のポロシャツを着て中高年の身体を揉みしだいて真面目に働いている。まぁそれなりに興味があって自分で選んだし嫌いな仕事ではないが、いい歳して職場の先輩には怒られたりもするし、態度の悪い客にもやらないといけないし、指は痛いし、おまけに生活保護を受けた方が金が入るんじゃねえかと思うくらい給料は安いし、毎日超楽しいというわけでもなく、どっちかというと辛いことの方が多いし、「これが天職である」とか「生き甲斐だ」と言うには程遠い。まさにお金のために、生きるために時間を切り売りして働いているのだが、そうなると週に二日の休みの有り難さが身に沁みて分かる。

休日の夜、翌日の仕事を思うと憂鬱になってくるこの感覚。「寝て起きると仕事かよ！今日が終わって欲しくねえなあ！」という感覚。日曜日の夜、テレビで『サザエさん』が始まると憂鬱な気持ちになってくるアレを、久々に思い出した。

特に好きなことができる時間は貴重だ。今の生活では音楽を作る時間も限られてくる。よく考えたら、好きな音楽を作ってお金をもらっていたのってスゲエことなんだなぁ。

だから休日に友達が飲みに誘ってくれるのは凄く嬉しいし、凄く楽しい。俺には家族がいないし、こういうことがあることで何とかやっていけるんだと思う。この状態で友達の誘いもなくなったとしたら、間違いなくノイローゼになるだろうな。自由に買い物できたり好きなものが食えること以外は、留置場の中も外もあんまり変わらねえんじゃねえかな、なんて思うこともある。

しかも今は活動自粛中で、クラブやパーティーにも一切行かない生活をしているから、尚更ああいった場所の大事さを改めて感じる。この気持ちを忘れたらいけないし、ここでまたこういう気持ちを思い出したのは自分にとってはすごく良いことだと思っている。

ああ、時間にも金にも縛られない自由が欲しいよ！

甘ったれんじゃねえ、なんて思うかもしれないが、素直な気持ちでそう思う。

やりがいって何でしょう（二〇一五年一一月二〇日）

DJという、自分対複数でENAK（快楽）を提供してきた俺の今の仕事は、お客とタイマンでENAKを提供するマッサージ業である。マンツーマンだと技術の誤魔化しが利かないので、なかなかのプレッシャーもあるが、お客さんに「身体が軽くなった。楽になったよ、ありがとう」と言われれば素直に嬉しいし、この仕事のやりがいはここにあるんじゃないかとも思う（まだ半年だけど）。

とはいえ、揉んでる時間何分で幾らの歩合制なので新人のうちは全く稼げず、生活保護の方がもらえるんじゃねーの？　ぐらいの賃金なので、一生続けられるかと言ったらそこは正直厳しいかなと思ってはいるのだが……まあ、賃金のことはさて置き、ここでは仕事のやりがいというものについて考えてみたい。

具体的な仕事のやりがいとは一体何だろうか？　やりがいは賃金と直結している部分がもちろん大きいが、人が仕事を続ける上で賃金だけがその答えにはならないだろう。例えばサービス業においては、賃金以外の重要な要素として「自分の行いで人を幸せにすることができる」ということが大きいだろう。

例えばＤＪは一対多数である。もちろん駆け出しの頃は少人数相手にしかできないだろうし、俺もよくアシパンで営業後に親しいお客さんに残ってもらって、一対一のガチンコでＤＪを練習させてもらったりしていた。その場合、その一人のお客さんの嗜好、趣味、知識、雰囲気を徹底的に考えて選曲していく。うまく組み立てるとお客さんのテンションはグイグイと上がっていく。アゲすぎても途中で息切れしてしまうので、意図的に落としたり、でも飽きさせないような展開を心がける。一対一で完全に接待プレイをするという修業である。たった一人ですら楽しませることのできないＤＪは、多数を相手にすることなど絶対に不可能だ。ＤＪはサービス業なのだ。

現場でのプレイが認められていけば、より多人数を相手にする機会が増えていく。その場のお客さんの最大公約数の「今聞きたい曲」を探り当て、ハマった時のドーパミンの出方は凄いものがある。最大公約数で効果的な曲がかけられれば、ぶちアガった人が周囲に興奮を連鎖・波及して全体を盛り上げることもできる。音楽で幸せをコントロールするのだ。

そして多人数を相手にプレイすることによって〝人を幸せにする効率〟が良くなっていく。頑張って知名度を上げれば上げるだけブッキングが増えたり、更に多人数を相手にできるようになり、規模も大きくなりギャラも上がっていく。自分の成長が分かりやすく目に見える点は非常に面白いし、それがやりがいとなっていた。

効率という点で考えてみると、マッサージは一度に一人にしかＥＮＡＫを与えられないので、人を幸せにする効率は多人数を相手にするＤＪに比べるとあまり良くないと言えるだろう。もちろん本気でこの職業を極めると「短い時間でより効果を出す」とか「より技を磨いていって他人の施術とは違う唯一無二の存在になる」とか「独立して治療院を開く」などはあるだろうが、基本的に一対一である。

恐らく〝気〟とか〝念〟だとかそういうスピリチュアルな能力を身につければ、遠隔治療や一人で多人数に同時治療などができるようになるとは思うのだが、そこまで行くと神懸かってきてしまい、どうも現実感がない。自分の成長が客観的に感じられる点といえば「指名客が増える」ということくらいだと思う。ただ、DJは自分にとってのやりがいが凄かったために、マッサージ業はそれほど面白いとは思えないというのも正直なところ。

まあ、とにかく俺は、ぶっちゃけると、賃金も安くてやりがいがそれほど感じられない仕事は辛いよね、という愚痴を書いている。生意気にも。前科者なのに。お情けで雇ってもらってるくせに。

だから、やりがいと賃金をもっと上げるために、例えばマッサージ業でも施術後にお客さんが値段を付けたりするお店があったら良いと思う。「気持ちよかった分、楽になった分、金額は払います」みたいなさ。旅館でも「宿泊料はお客さんが最後に決めて払ってください」みたいな、そういうシステムのところがあるとテレビで観たことがある。そこは最低五〇〇〇円で、一番多く払った人は二〇万円だったかな？　つまり同じサービスでも受け取る人によって価値は変わるんだよってことが言いたい。快楽の感受性が高い人というのは確実にいて、そういう人だったらお金を惜しまない可能性もあるから、自分で値段を付ける制度は良いと思うんだけどなあ。

要するにサービスというものは市場価値に引っ張られる部分もあるけれども、受け手の心情が価値を決める部分が大きいので、マスに対するアプローチよりもコアやニッチな層に対して……あれ？　書いててまとまらなくなってきたぞ。ああ、そうそう思い出した。この半年、俺はお客が来ない時は暇すぎてブックオフの一〇〇円棚の本を買ってきては暇つぶしに読みまくってるんだけど、読んでるのが自己啓発本と芸人の本とビジネス書とヤクザの本ばっかりで、そういう本ばっかり読んでると、こういうとりとめのないことを考えるようになるから気を付けろよな！　ってことだ。

第三章　反省の色

DJ JET BARON 復活の日

二〇一六年三月二六日、ついにその日がやってきた。DJ活動再開の日だ。

場所は東京・新木場にある日本最大級のクラブ「ageHa」。サブステージの「ISLAND」とはいえ、復活の日をこんな大舞台で迎えられるとは。その舞台はキングオブ下町パーティー「下町ブギー」で、ミュージシャンのCHOP STICKさんが年二回主催している大きなレゲエの音楽イベントだ。

逮捕前に『Let's GO! シャンパンマン』やアルバム『ENAK DEALER』に参加していただいたCHOPさん。活動自粛中は公私にわたって何かと相談に乗ってもらい、制作も一緒に続けてきたのだが、今回こうして復活の第一弾として自らのビッグイベントに誘ってくれたのだった。逮捕されてからちょうど一年になる二〇一六年三月三日、ツイッターで復活宣言をした。

「お久しぶりです。高野政所です。あの日より、本日でちょうど一年となりました。長いようで短く、まさに自業自得の一年間でしたが、この日より活動再開させていただきます。三月二六日下町ブギー@新木場ageHa　どうぞよろしくお願い致します！」

同時にイベントのフライヤー画像を添付した。逮捕された時とは違い、Yahoo!ニュースのトップに取り上げられることは当然なかったので、ひっそりとした復活宣言になった。悪事は千里を走ったが、復活報は百里も走らない。それでも〝リツイート〟が九五六、〝いいね〟は六八八ほどの反応はあった。ＳＮＳは感情すらも数字で可視化してしまうので、便利だがある意味恐ろしい。もし〝いいね〟が一〇しかつかなかったら、活動再開宣言をその場で撤回し「もう一年謹慎します」とすぐツイートしたかもしれない。CHOPさんは謹慎中に「何を言っても何をやっても半分は敵、半分は味方ですよ」と言ってくれたのだが、その言葉通りだと思った。

告知をしてすぐ、ＬＩＮＥには仲間達から「待ってたよ！」「イベント行きます！」のメッセージがたくさん飛び込んできた。とても嬉しかったが、この時点では現場に戻るという実感は湧いてこなかった。

あの日からの一年間、クラブやパーティーの類には一切足を運んでいなかった。音楽も爆音で聴いていない。ＤＪ機材には、この一年全く触れていない。一年前はDOMMUNEの宇川直宏さんに「政ちゃんのＤＪは精霊が降りてる！」と褒めてもらえたが、その精霊達も今はどこかへ消え去っただろうし、フロアリーディングの勘も鈍り切っているだろう。果たして一年間待ってくれていた人達を満足させるプレイができるのだろうか。期待を裏切りはしないだろうか。そんなことを思いながら自宅で軽く練習をし、一年間作り溜めてきたトラックをUSBメモリに読み込み、緊張と不安の入り混じる中、現場に向かった。

ageHaでプレイするのは初めてではなかったが、会場に足を踏み入れた瞬間、身の引き締まる思いがした。一年振りに聴いたクラブの音はとてつもなくデカく、そして気持ちが良かった。その時にやっと、現場に帰ってきた実感が少し湧いてきた。

自分の出番の前にCHOPさんのライブショーケースがあり、そこでCHOPさんは俺をステージに呼び出してくれた。少しだけ緊張しつつステージに上がってフロアを見下ろすと、そこには一年前によく見ていた光景が広がっていた。満員のフロアから歓声が上がる。CHOPさんから紹介があり、『Let's GO! シャンパンマン』のイントロが流れ始める。アドレナリンが脳から溢れ、一気に興奮状態になる。「色々あったけど、ついにパーティーに帰ってきたぜ！」と言わんばかりに、シャンパンマンの振り付けをキメる。ヤバい盛り上がりだ。待っててくれた人達はこんなにいたんだ！　時間にしたら三分か四分くらいのことだったが、大熱狂の中でCHOPさんと固く握手を交わしてステージを降りた。

自分の出番まではまだ時間があったのでフロアに降りていくと、一年振りに会う人達が次々と「復帰おめでとう！」「待ってたよ！」「お勤めご苦労様でした！（笑）」と声をかけてくれた。「おいおい、刑務所に入ってたわけじゃないって。大したことじゃねえよ！」と強がりながらも、出会う顔出会う顔が懐かしく、いちいち嬉しかった。そして少なくともここまで足を運んでくれている人達は、俺の復帰を歓迎してくれているはずだと思うと心強かった。

後輩のファンコットＤＪ、yo-changがフロアを順調に温める。そしていよいよ自分の出番となった。ラッパーの丸省と抹を金角・銀角の如く左右にサイドＭＣとして立たせ、プレイボタンを押す。フロアにFUNKY BEATとカウベルとベースが爆音で流れ始め、ド派手なリードシンセが唸りを上げ、狂気を孕んだサンプリングボイスが空を裂く。この復活の日のためにCHOPSTICKさんと作った曲『JET PARTY』からプレイは始まった。この一年の潜伏期間に仕込んできた楽曲をフロアに次々とドロップし、かなり悪ふざけした楽曲も交えつつ、途中、丸省と抹による『FUNKOT ANTHEM』『Enaker's High』のライブをはさみ、ナードコア時代の最強の一曲『No Disco City』、そして姫神『神々の詩』の自作ブートREMIXが流れる頃には、感極まったのか泣いている人もいた。こうして復活後初のDJ J

ET BARONのプレイは終わった。あっという間の四〇分だった。やり切ったが、ここからが再スタートだ。

帰り道、朝から食う吉野家のカレーライスは今まで食ったことがないくらいにうまかった。

この先の活動

DJ活動は無事再開することができた。音楽制作も開始している。有り難いことに〝復帰バブル〟で、オファーも何とか絶えずいただいている状態だ。本当にやりたかったことが、とりあえず自由にできるようになった。

しかし一年間の活動自粛期間を経たというだけのことで、今までと何も変わっていないのかと言えば、そんなことはない。まずACID PANDA CAFEはなくなった。もちろん商売という意味で収入源を失ったわけだが、それ以外にも店がなくなって感じたことは、自分から足を運ばなければ友達には会えないということ。今まではとりあえず店へ行けば誰かしら仲間が集っていたのだが、これって素晴らしいことだったのだなあと思う。それとデカい音で音楽が聴ける場所はとても貴重なんだということも、失って初めて分かる有り難みである。

やはり当たり前のことになっていくと、感覚は麻痺してくるものである。

現在はマッサージ業をしながらＤＪをはじめとした音楽活動をしているわけだが、正直な話、自分の知名度では音楽だけで生活していくには若干厳しいし、マッサージ業は嫌いではないが、独立でもしない限りこの先普通に生きていくのは難しいだろう。そこで、この一年間の経験で得たことと、これからどうやってメシを食っていくのかということについて少し考えてみたい。

謹慎中は夜遊びに出ることもできないので地元の銭湯にやたらと通っていたのだが、ある日そこで一枚のチラシを見つけた。「音楽療法士募集」と書いてある。近隣の老人介護施設で、高齢者を相手に音楽レクリエーションを行う職業だそうだ。音楽療法士のレクリエーションとはどんな内容かというと、ピアノの先生が高齢者と一緒に唱歌や童謡などを歌ったり、曲に合わせて手拍子や簡単な体操をする、みたいなことらしい。しかし俺は高齢者だからといって、唱歌や童謡だけというのもずいぶんバカにした話だろうと思った。いくら高齢者であっても、それぞれの時代の流行歌があるだろう。今は亡き自分の両親も、若い頃には石原裕次郎や美空ひばり、フランク永井などをよく聴いていたが、年を取っても好きな音楽は変わらなかった。

例えば自分の世代が六〇代になった瞬間から「もう六〇代だから、これからは演歌を聴く」という風にはならないだろうし、ロックやヒップホップやテクノ、ハウス、レゲエなどを好んで聴いている今の若者だって、年を取ってもそういう音楽を聴き続けるだろう。たとえポップスしか聴かなかったとしても、モーニング娘。や小室サウンドやB'zで育った世代が、七〇代になったら急に永遠の古賀メロディを聴くとは思えない。

高齢者達は音楽療法士に無理やり歌いたくもない『犬のおまわりさん』を歌わされ、付き合って楽しいフリはしていても、内心では「バカにするんじゃない」と思っているに違いない。もし自分がその立場だったら、普通にバカにされていると思うだろう。それだったら美空ひばりの歌声を聴きたいと思うはずだ。

と、ここで俺は考えた。音楽レクリエーションとは、広い意味で深夜のクラブでやっていることと同じである。これをＤＪで応用できないものか。人生の先輩方に、その世代の人達が親しんだ音楽で楽しんでもらうＤＪというのはどうだろうか、と。

もう十年か十五年もすれば、ＤＪ第一世代の方達が実際にそういった施設に入る時代になる。となると、老人施設でＤＪパーティーは普通のことになるかもしれない。ある高齢者が「俺は昔、〇〇というクラブでＤＪをやってたんだよ」とか言って、機材が設置されている娯楽室みたいなところでテクノＤＪをおもむろに始めると、「あら懐かしい！　その曲はリッチー・ホウティンじゃない。アタシも若い頃はMANIAC LOVEによく遊びに行ったもんだわ」みたいな感じで、ミニマルテクノで高齢者達が踊っているような状況が起きるはずだ。今のＤＪ人口を考えると、全国の各施設にＤＪ経験者が現れるに違いない。実際に六〇年代、七〇年代のソウルやディスコ音楽だけがかかるような中高年向けのパーティーが、既に結構開かれているという。

幸か不幸か日頃のマッサージ業で中高年の方達とのコミュニケーション能力は身についたし、〝人生の先輩達に向けてのＤＪ音楽療法士〟というビジネスを始めるのはどうだろう？　更に言えば、ＤＪとして毒蝮三太夫さんのようなことができるんじゃないか？　まさにミュージック・プレゼント！　これはビッグビジネスやで！　機会があればこういう活動をしてみたい！　ということで、このアイデアを実際に老人福祉に関する仕事をしている知人に相談してみた。その結果、あっさりと「ＤＪよりカラオケだよ！」との答えが返ってきた……。

老人福祉関係者がＤＪ文化自体をよく分かっていないので、実現するのはなかなか難しいだろうと。それよりも今の高齢者の娯楽の代表といえば、カラオケだということだ。今現在、老人会でのレクリエーションもカラオケ大会が主流なのだそうだ。確かにどんな町にもクラブやディスコはなくともカラオケ教室は必ず一つはあるし、実際街中で看板を見かけることも多い。日本にＤＪ文化が根付かないのはカラオケ文化のせいだ、と言われることもあるぐらいだ。高齢者だけでなく、日本において音楽に関する娯楽の最大手はカラオケなのである。

しかしそこで提案されたことがあった。「老人会のカラオケ大会で歌われる曲は既存の曲だけでオリジナルがないから、そこでオリジナルの歌を持っていればその人はスターになれるだろう。だからカラオケが趣味の高齢者達にオリジナル演歌を作ってみては？」と。また「知り合いのおじいさんなんだけど、趣味で演歌の歌詞を書いている人がいるから、試しにその曲にメロディをつけてみないか？」と言われたのだった。まさか演歌作曲の提案をされるとは思わなかったが、とりあえず面白そうだったのでその話に乗ってみることにした。

数日後、携帯の写メールに『秩父旅』という詞が送られてきた（テキストデータではなく、達筆な文字で書かれた便箋を撮影した写真なのがイケている）。早速その『秩父旅』に演歌っぽいメロディをつけてみた。自分は音楽理論はおろか楽譜も楽器もできないのだが（それでもメジャーデビューできるダンスミュージックって最高！）、思いついたメロディをパソコンを使って打ち込むことはできる。ものの数時間で楽曲は完成した。もっと苦労するかと思ったが、不思議なことに演歌のメロディは脳内にインストールされたデータをロードするかの如く、いとも簡単に湧いてきた。もともとメロディを作るのは苦手だったのだが、ファンコット、とりわけ演歌に似た旋律を持っているDANGDUTのファンコットリミックスを聴いているうちに、アジア的な叙情感あるメロディが身体に浸透していたのかもしれない。

　簡単なアレンジをして件《くだん》のおじいさんに聴いてもらったところ、涙を流さんばかりの勢いで喜んでいたとのこと。病気を患ってふさぎ込んでいたのが一変、「今度の老人会で歌うんだ！」と元気を出して歌の練習を始めたという。人間、幾つになっても表現欲も承認欲求も枯れないし、それによって活力を取り戻すことだってあるのだ。

　いやー、善い行いをすると気持ちがいい！　というか、これは今後やっていく仕事としてイケるのではないか？　歌好きな高齢者の人達にオリジナル楽曲を提供し、歌詞が書ける人にはメロディを、書けない人にはその人と面談してその人の人生を歌にしてもいいし、もっと気合いの入った高齢者ならＰＶ撮影をやってもいいかもしれない。

　そもそも演歌のシーンというのは、歌手志望者が作曲家や作詞家の先生に弟子入りして何年も修業し、やっとのこと先生から楽曲を〝いただける〟ものだと聞く。それはそれで古くから確立してきた制度であり尊重すべきものではあるが、自分がやりたいのは、そういう伝統的な師弟制度の演歌シーンに真っ向勝負していくことではなく、カラオケの延長のインディーズ演歌みたいなもので、誰でも〝歌手気分〟になれるような手助けをしたいのだ。地元の寄り合い所や老人会のカラオケ大会で、オリジナル楽曲を手に舞台に颯爽と上がれば、その人はそれだけでスターである。それで高齢者が明るく元気になれるのなら、それは最高ではないか。インディーズのアイドルという存在がごく当たり前になった今、中高齢者の間でインディーズの演歌歌手が活躍するシーンがあってもいいだろう。草野球ならぬ、〝草演歌〟シーンである。

毒蝮三太夫さんとの出会いで中高年という存在を意識するようになり、マッサージ業でそういう人達に触れ合う機会があったことで、何となく今までやってきたことが繋がるような、そういう道が見えてきたような気がする。

締めくくり

人生行き当たりばったりのスタンスは変わらないが、こういうことを思いついたというのも何かの巡り合わせ、縁だと思って挑戦してみるのも悪くないと思うのである。

　さて、この原稿を書いている今日は二〇一六年五月三一日。今日がこの本の原稿の締め切り日であり、事実上の復帰イベント、東京・渋谷のclubasiaで行われた「PLEASURE BOMB」を終えた直後でもある。イベントに関しては、集客目標には少し届かなかったものの、とにかく盛り上がり、お店からも褒めていただけたので一安心といったところだ。そんな中、今現在の自分は何を思うのかというと、一つ言えるのは、良くも悪くも〝あの事件〟なしに今の自分はなかったということだ。〝あの事件〟なしに、先日のイベントでのライブ・DJプレイがあんなに盛り上がることはなかっただろうし、地元のマッサージ店で真面目に働くということもなかっただろう。復帰祝いと称してタダ酒を喜んで飲ませてもらうということもなかっただろうし、地元にすげーいい飲み屋を見つけて通うことにもならなかっただろう（そうだ、逮捕された後からなぜか酒が飲めるようになったんだ。酒は最高だ！　何てったっていくら飲んでも逮捕されないし！　身体にはじわじわ悪影響も来そうだけど）。

　そして、友人達や、意外なほど気にかけてくれていた音楽仲間の優しさをここまで感じることもなかったと思う。「ああ、俺って意外と好かれてたのかもな。心配かけて悪かったなあ」なんて、それで余計に反省したり。あとは自分も周りの人達をもっと好きになろうとも思った。

自分は面白半分でふざけた人生を、面白いと思う方向に向かって生きてきたと思う。面白半分でふざけた音楽をやり、面白半分でふざけた店をやり、ラジオでふざけさせてもらい、ふざけてインドネシアの音楽を追っかけて、そしてふざけ方の度が過ぎてギリギリ守るべきラインを踏み越えてしまった。

今回の件で、改めて自分のたどってきた道や考え方を見直すことになったのは確かである。世の中から見れば確実に〝しくじった〟はずだし、自分もそう思わされた。がしかし、今の俺が以前と比べて不幸になったかと言えば、それはそうではない。一年間の活動休止を経てからの活動再開ではこれまでの人生でも一、二位を争うくらいの興奮と感動を味わうことができたし、改めて自分の居場所ややりたいこと、自分に向いていること、向いていないことがハッキリとしてきた。なんにせよ、今が一番面白いということは間違いない。「鳴かず飛ばず」の自分でも「七転び八起き」の精神で「裸一貫」で生きていこう。結局は自分しか基準はないので、その基準の中で〝笑える〟ように、〝面白がられる〟ようにと考えてしまうふざけた性根だけはどうしても抜けない。

先日のイベントで、LEOPALDONという自分が一九歳ぐらいの頃からやっていて活動休止状態だった音楽ユニットを復活させた。LEOPALDONはナードコアテクノという、それはそれはとてもふざけたダンスミュージックのユニットだ。だから真面目にふざけ、なおかつギリギリ怒られないような曲を作って復活したいと思った。そこで作ったのが『LEOPALDON のドラッグ野郎』。ひどいタイトルであり、ただのダジャレだが、音楽のスタイルは流行のＥＤＭ風。フックはメロディにのせて「この楽曲は違法薬物を推奨するものではありません」という、サビ自体が言い訳というか前置きになっていて、途中であらゆる依存性のある嗜好品や薬物の名前をコールアンドレスポンスで連呼する。俺「コカイン！」オーディエンス「コカイン！」、俺「ヘロイン！」オーディエンス「ヘロイン！」、俺「マリファナ！」オーディエンス「マリファナ！」という風に。ちなみにそこには「アルコール」と「タバコ」も入れておいた。そういう薬物や嗜好品の名を、ただただ「推奨はしていない」と言うことで連呼する。逮捕歴がある人間が、ステージであらゆる違法・合法のヤバいとされる物の名前を連呼して、コールアンドレスポンスでお客さんがそれに答える様が面白くて笑えそうだったからだ。

その後、自分の逮捕報道時の音声（メンバーの一人が録音しておいてくれた）をサンプリングしたものが流れる。そして言い訳とも前置きともつかない、責任を回避するような「推奨するものではありません」というサビ。そこから一番で連呼した薬物や嗜好品を、別の呼び方で連呼する。例えば一番では「コカイン」だったところは「クラック」、「覚醒剤」は「シャブ」、「マリファナ」なら「ガンジャ」といった具合だ。特にメッセージ性はない。でも強いて言うなら、みんな違法か合法かなんて知っている。でも何がどんなものなのかを、調べようと思うきっかけにはなるかもしれない。人生何があるか分からないから！　いざという時のために！

で、この曲を先日ライブでやった結果はどうなったかって？　大盛り上がりだった。この連呼するスタイルは、Bubble-B feat. Enjo-G（俺の遥か昔からのライバル的なナードコアテクノのユニットで、長くつるんでいたこともある）のやり口を、怒られることも覚悟でナードコアらしく無許可でパクってやったものだ（Bubble さんゴメンなさい……）。この曲がリリースされることは恐らくないとは思うけど、俺は結局そういうふざけたことを思いつく人間だし、実行してしまう人間なのだ。

そして最後に、皆さんが一番気になっていることは「高野政所は反省してるの？」だと思う。

俺はそう聞かれれば「反省している」と言うし、「反省している」と文章にも書く。それでも「反省の色が見えない」と言う人もいるだろう。「反省しているようだ」と判断する人もいるだろう。ところが誰も人の心の中を見ることはできない。実際のところ、そう言われれば言われるほど「反省する」とはどういうことなのかが分からなくなっている。一年間の謹慎が反省の証拠なのか？　ボランティア活動をすることが反省の証拠なのか？

どうしたらいいいんだろう。だからこう言うしかない。

「高野政所は反省しています。ただし、信じるか信じないかはあなた次第です」

あとがきに代えて

昔から周りの人達に「何か本を書け」とよく言われていたのだが、生まれてこの方、一度もやったことがなかった。文章を書くこと自体は嫌いではなかったけれど、やりたいことの優先順位的に高くはなかったのだ。

それが今回の逮捕がきっかけになり、謹慎期間中に日記のようにノートに書きためていた文章が書籍化されるとは。皮肉なことに、こんなことがなければ本を出すこともなかっただろうし、これも人生の転機だったのかもしれない。

……いや、ちょっと待てよ。冷静に考えれば、自分の行った犯罪や逮捕をネタにして本を出すのって、ちょっと前に世間から大バッシングにあった〝元・少年A〟みたいなことをしているんじゃないか？　俺よ、それでいいのか⁉

罪のデカさや事件のヤバさのスケールは全く違うけれど、〝犯罪者本〟というジャンルで括れば同一フィールドになってしまった。ヤバいな〜これ、どうしよう。もしこの本が売れまくって儲かったりでもしたら、ますます叩かれるじゃん……！

【無反省】前科ＤＪ高野政所、逮捕経験をネタに書籍化してビジネス！【最悪】

みたいに某ネット掲示板にスレを立てられて、まとめサイトが作られて、ツイッターも大炎上で、出版社に抗議の電話が殺到！　編集の中村孝司さんがノイローゼに！　監修の古川耕さんやブックデザインや対談をしてくれた高橋ヨシキさん、実録漫画を描いてくれたジェントルメン中村先生なんかも相次いで袋叩きにあって、ついでに帯のコメントを書いてくれた藤田陽一監督なんかも「デザイナーに漫画家、アニメ監督まで……高野政所に協力した懲りない面々」とかいってワイドショーにも取り上げられ、日本中から大バッシングの嵐、それぞれが路頭に迷うことに……（※編集部注・二〇一六年に刊行された旧版の情報です）。

いやぁ、怖い！　自分で言うのも何だけど、この本、結構面白いしな～！　マジで心配だな～！　どうしよう、すげえ売れちゃって、それと引き換えに俺達の人生がメチャクチャになっちゃう⁉

というわけで、目に見えない〝世間の視線〟に怯えながらも無事に完成したこの本。読み終わったあなたの心には何が残ったでしょうか。何も残らなかった？　くだらなかった？

つまらなかった？　ごめんなさい、反省してます。でも信じるか信じないかはあなた次第です。

先ほどお名前を挙げさせていただいた五人の皆様をはじめ、こんな俺を見捨てずに付き合ってくれた全ての人々にこの場を借りて深く感謝致します。

本当にどうもありがとうございました！

高野政所

【新録】そして大麻おじさんへ

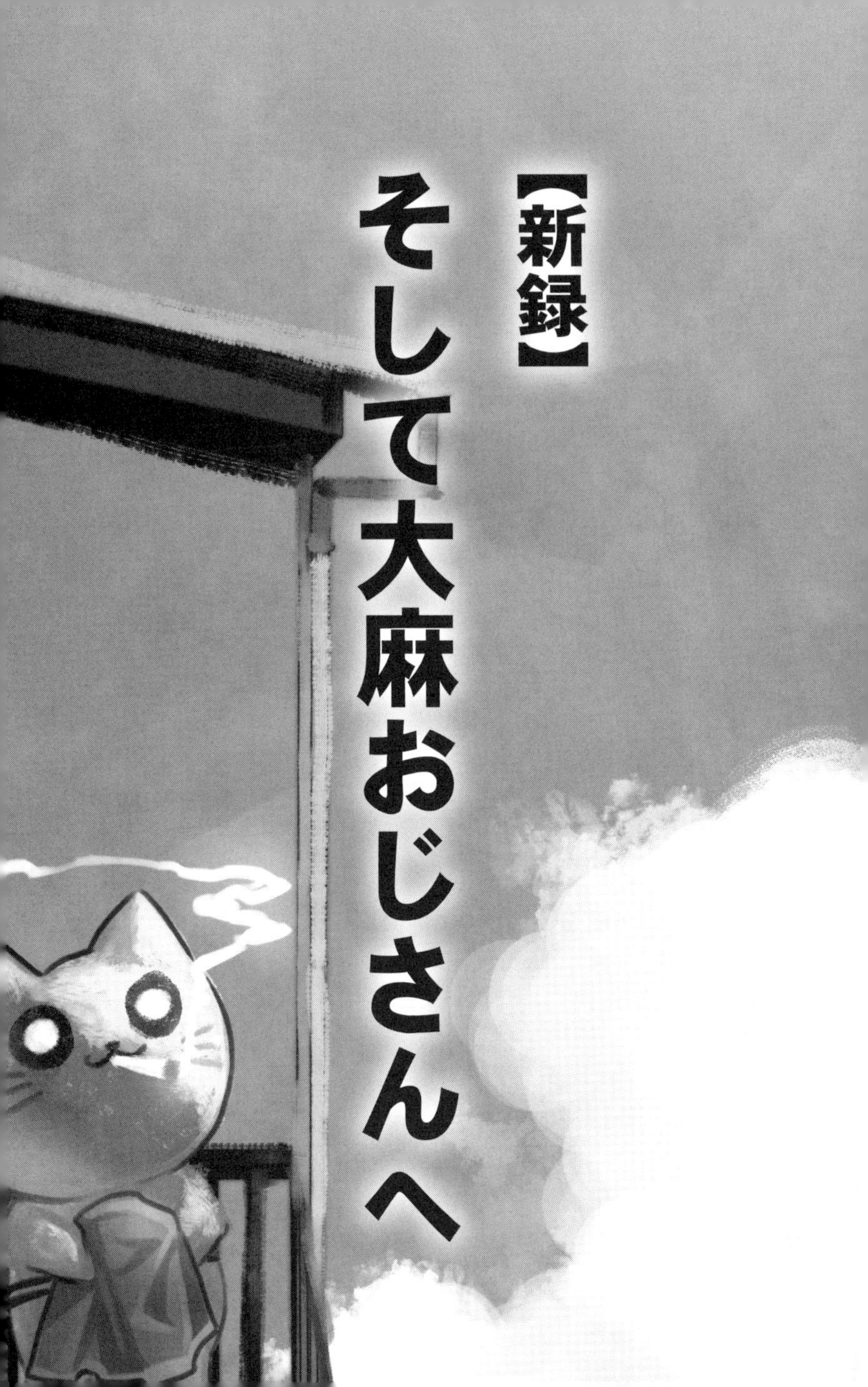

前科おじさんの加筆が思ったより苦労した件

『前科おじさん』を再刊行する、という話をいただいたのは、二〇二〇年の三月くらいだったと思う。

ご存知の方もいると思うが、二〇一九年十一月頃に僕が仕掛けていった「街頭技巧 ストリートテクニック」に手応えを感じはじめたその頃だった。「いやー、人生遠回りしたけど、ようやくここから何か来るのかな？」などと思っていたら、ツイッターで編集者の草下シンヤさんから新装版・前科おじさんについてのダイレクトメッセージをいただいて、すぐに打ち合わせに行った。

こりゃストテクだけじゃなくて、ふたたび「前科特需」も来たかな？ なんて思っていた。「前科特需」と言うのは、有名人が薬物で逮捕された直後に一瞬だけ起こる前科をネタにしている者だけに起きる特殊な需要であり、注目度が一時的に上昇する期間である。この時期は原稿依頼やトークイベント出演の依頼が来ることもあって、不謹慎だが、その日暮らしの自分のような存在にはとても有難い収入が得られる期間である。

ま、一回の特需期間はすぐ終わるんだけど。

草下さんの会社へ打ち合わせに行くと、「再刊行に当たって加筆して欲しい、約二万字は必要です」との事。普段から頼まれもしないのにツイッターやｎｏｔｅで文を書きまくっている僕には『前科おじさん』を書き上げた自信もある。「あれが十万字くらいだったはずだし、二万字なんて余裕だよ」と踏んでいた。あの本の後に起きた事を思い出して、順番に書いていくのであれば、そのくらいはなんとかなるはずだ。そんなに時間もかからず書くことができるだろう、とその時は踏んでいた。

打ち合わせの翌日から早速、スマホを手にして、文章を書きはじめた。さて、あれから何があったかな？　と、思い出してみた。

あの続きから今までの約五年半を思い出す。すると、困ったことに七割以上が大麻を介した出会いであったり、エピソード自体も大麻関連から派生する出来事になってしまう事に気づいたのだった。

皆さん、ご存知の通り、大麻は現状日本の法律の下では違法である。

僕は違法行為をして逮捕されて、刑事的な罰よりも社会的ダメージがとりわけ大きかった方の人間だと自認している。それは僕がなまじっかラジオやDJと言った、人前に出る仕事をしていたからというのもあるかも知れないし、その影響で失ったものが僕の場合はかなりデカかった気がする、だからより一層そう思う。たしかに、あの時僕は「なりたかった自分」になりかけていたなと思う。

音楽制作、メジャーデビュー、自分が運営するハコ、ラジオレギュラー、大箱でのDJ、割とやりたい事というか、音楽を中心とした理想の人生という物がかなりの割合で実現しかけており、「後はブレイクを待つ」みたいなタイミングだった。今思ってもあの時の僕はイケていたな（笑）。

まあ、とにかく大麻のせいで、描いてたゴールへ向かうコースから転落し、他にもお金や信頼、色々とたくさんのものを失ったのである。

それだけに、あれ以来、とにもかくにも大麻が怖くて仕方がない。あ、いや、大麻が怖いわけではない。大麻取締法が怖くて仕方がないし、憎くて仕方がない。

最近では大麻を持っていなくても、吸っていなくても、文章を発表する事で大麻、薬物の「あおり・唆《そそのか》し」の疑いで逮捕される事件があり、大麻に関しての文章がたくさんある本を出すのはどうなのだろう？　というのも懸念事項である。

とはいえ、大麻について何か書くとなれば面白エピソードはたくさんあるのだけど、自分が逮捕されなかったとしても、何かしらのキッカケで超アンチオブ大麻マン達にバレちゃって、周囲の人達がよからぬ噂を立てられ、迷惑がかかったらどうしようか？　などと考えると、結局、少しだけの加筆部分を書いた原稿を草下さんに送ったまま、筆が止まってしまった。

筆が止まって一カ月後に、東京に緊急事態宣言が出された。未知のウイルスによる疫病が世界中で猛威をふるい始めたのである。（って書くとディストピアＳＦみたいだが……これ、マジなんだよな……）

緑色濃いめで行きます

全てが変わってしまった！　外出するな！　マスクしろ！　ソーシャルディスタンス！　三密を避けろ！　密です！　人と接するな！　夜の街はダメだ！　イベントは自粛！　リモート会議！　テレワーク！　ＺＯＯＭ会議！　世の中の普通が突然変わってしまったのである。

困惑と混乱、見えない悪魔への恐怖で世界中が大変なことになってしまった。

不要不急な事は悪とされ、自粛「要請」とは言うものの、半ば強制的に表に出ることは禁止された。

とんでもない世の中になった。

ちょうど、直前にその前の年の終盤からラッパーのMETEOR君や丸省君らと仕掛けてきた「街頭技巧　ストリートテクニック」が、ラジオやネットメディアに取り上げられたり、イベントをやったりして軌道に乗りつつある頃でもあった。

「街頭技巧」については興味ある人は各自ネットなどで調べて欲しいのだが、生活の知恵とライフハックと街歩きとＶＯＷを組み合わせ、ルー大柴（中学生英語）で割ったようなムーブメントなのであるが、それまでは順調に反応を得て知名度を広げていた。

逮捕後、ずっと迷走、低迷していた活動の中で、ストリートテクニックにこれまでにない手応えを感じていた僕は一万六千人ちょいのフォロワーを持つツイッターの「高野政所」のアカウントを捨て「街頭技巧　ストリートテクニック」にアカウントの名前を変えた。

つまり人格を捨てて、ストリートテクニックという概念になった。これでやっていく気満々だった。が、コロナ禍はストテクにも影響した。

コロナなんて関係ない！　と強気で行きたかったが、やはり多くの人達にとって、この時期に明らかに不要不急のストテクという遊びは不愉快なものになり、目の前の減り続けるフォロワーの数を見てもその衰退は明らかになった。ストテクは野外で活動、複数人で活動するものなので、コロナ自粛前に撮った映像であっても、動画をアップすればするほどフォロワーが減り、僕が思い描いていたプランも大幅に狂ってしまった。

ちょうどこの新装版・前科おじさんの加筆文章の締めはなんとなくストテクに落とし込めば良いかな、とボンヤリ思っていたのだが、それがダメになってしまった。

そんなこんなで、この前科おじさんの加筆部分を締めくくる落としどころを見失った上に、コロナでＤＪの現場がなくなってしまったので、明日の生活をなんとかする為にそれどころではなくなった僕はこの「前科おじさん加筆」の事を気にかけながらも、筆が全く動かずにいたまま放置していた。

二〇二〇年五月。思いっきり緊急事態宣言下。そんななかで担当してくださっている草下さんから久々のメッセージ。

「こんにちは！　そろそろ高野さんに連絡しようと思っていました。コロナで大変かと思いますが、原稿いかがな感じでしょうか？」「過去の事を書いていると、まだ見えないこの先の事とかも考えてしまうし、今まではいいけど、これからはこうでいいのか？　とか考えちゃってまとまりがなくなってしまうのですが、ある程度は進んでおりますので、進捗、まとめて送ります!!」「了解しました！　六、七月頃になってコロナの先行きがなんとなく分からないと、落ち着かない心境ではありますよね。引き続き、よろしくお願いします。」

というやり取りがあったものの、実際に先の見えない展開と落ち着かない心情であり、とてもじゃないけど、今までの振り返りなどできる気分ではなかったのだ。このやり取りから分かるように、当初数カ月くらいで勝手に収まるものだとみんながなんとなく思っていたこのコロナ禍生活は予想以上に長くなった。全然落ち着かないのである。

その間僕はなくなったＤＪ仕事の穴を埋めるべく、狂ったようにYouTubeに自分の音楽を上げてみたり、配信をやったり、個人オーダーで音楽と映像を作るサービスをはじめてみたりとオンライン上で食い扶持を確保することにやっきになっていた。

なんとかサバイブすることに集中するあまり、前科おじさん加筆の事はほとんど忘れていたと言っても過言ではない。

そして、そんな自分の生存を賭けた「コロナ・ハイ」とでも言うような状況のまま、いつのまにか八月になり、草下さんから再度のメッセージ。

「久しぶりにお会いして方向性を決めましょうか！　弊社にはまるで留置場のようなコロナ対策のプラスチック板が設置されています」

ああ、留置場ネタの冗談まで差し込まれながら、ついにまた催促が来てしまった。気まずいなー。自分は文章を書くのが早いほうだと思っていたのだが、まさかこんなにズルズルと引き延ばしてしまうとは。

草下さんと早速、打ち合わせをすることになった。僕は筆が進んでいない事の理由の言い訳に、またグズグズと「コロナで頭が混乱していまして…それに大麻はやはりイリーガルですし」みたいな話をしたら、とにかく五年前とは時代が変わっているのだという事を指摘された。

自分がストリートテクニックに注力していた間に、気づかぬうちに世間の大麻に対する見方は変わっていたらしい。舐達麻《なめだるま》というラップグループはほとんど大麻の事しかラップしないのに、バカ売れし、オリコンにもランクイン、その辺のＯＬも聞いているという現状。BAD HOPが武道館でライブする時は、九段下駅一体に大麻の匂いが漂っていたらしい。次々と大麻インフルエンサー的なアカウントがツイッターやYouTubeに現れ、数万フォロワーから支持を受けている。いまや、ドン・キホーテでもCBDが手に入る世の中だ。芸能人が大麻関係で逮捕されても、目立って擁護の論調も増えてきているし、実際そういう事を声高にツイートしている人達もたくさんいる。

ここ五年ちょいで確かに時代は変わっているのだ。

打ち合わせで、大麻の事で迷い続けている俺にむかって草下さんは「大麻の事は書いてください！　むしろ今後は大麻一本で行きましょう！　これからは大麻です！」と言った。「好きなことで生きていく」は数年前のYouTuberのスローガンだったが、「大麻一本で生きていく」は聞いたことがなかったので、これは衝撃的な一言だった。

僕の知人の中にライター／ミュージシャンのパリッコという人がいて、「若手飲酒シーンのホープ」として、「酒一本で生きていく」事を決心し表明した人なのだが、パリッコ氏がツイッターで酒ライターとしてやっていくにあたって「これからは酒一本で生きていきます」という宣言にもかなり驚いたものだ。酒は合法だけど、「大麻一本で生きていく」は違法なだけになかなか覚悟がいるなぁ、と思ったのだが、そもそも、現にCBD販売など違法じゃない形で大麻一本で生きていっている人も現れているのである。

「大麻一本…」

たしかに大麻の事を話しても、以前と比べると、そこまで引かれなくなったのは肌感覚としてあるし、現に大麻関連で仕事をもらうことも増えていた。

世の中知らないうちに変わっていたし、逮捕のトラウマと失ったモノの大きさがあまりにもデカすぎて世の中に対して日和っていたのは僕の方だったのかもしれない。

そういえば、皮肉なことにツイッターをやっていても自分の新曲を発表してもたいして反応がないのに、大麻の事を呟くとやたらに「いいね！」や「ＲＴ」が付くことが多くなった。これが数年前なら大麻の事をつぶやいたらフルボッコにされたものだ。確実に時代は変わっている。よし、「大麻一本」でやってみるとするか！

その日のうちに僕はまたツイッターのストリートテクニックのアカウントをまた自分の名義のアカウントに戻し、過剰なほどに大麻の事をガンガン呟いた。「立派な４２０（大麻の隠語の一つ）アカウントになるのだ！」そんな意気込みで次々と大麻の事をつぶやきまくった。

そうしたら、あまりにも度が過ぎたのか、草下さんから「大麻一本は言いすぎました！

大麻多めでいきましょう」とのレスが付いた。「分かりました！　じゃあ、緑色濃い目の感じで行きます」と僕は答えた。

何事もやりすぎは良くないのである。

とはいえ、大麻がイリーガルでどうだ、とかいう以前に今思っている事を正直に書いていくしかないし、さらに記憶というものは月日が経つにつれて薄れてしまうし、このままではいつまで経っても前科おじさんの再刊行はないだろう。

今、ちゃんと筆を進めようと決心した。

活動自粛期間を振り返って〜本当のところ

逮捕後の一年は活動自粛の年だった。

あれからもう五年とほぼ半年になる。さっぱり筆が進まないのでとりあえず『前科おじさん』を久しぶりに読み直してみたけど、全体的に結構面白いな、と思う半面、出てきてからの自粛中の話は今読むと違和感がある。

マッサージ屋で働いている生活の事を書いているけども、でも、自分で今読むとかなりウソくせえなと思うし、世間に落ち込んでると思われたくない、腐っていると思われたくない、という意識が働いているのか、努めて面白おかしい感じで書いているのと、なんというか、「俺は凹んでない、なんだったらやりがいを感じながら割と楽しくやっている」みたいな自己肯定する気持ちが働いているように見えるし、なんならこの本を出せばまた元に戻れるよね、的な多少楽観的視点も見える。

当時の世の中は大麻に対して、今よりも全然風当たりが厳しく、そうせざるを得なかったし、当たり前のように一年間の活動自粛を強いられた。

「ま、とりあえず社会の空気が許すまでは、しっかり反省するんですなァ〜。ルールを破ったあなたにはそれ相応の罪滅ぼしをしてもらわないとねェ〜。別にあんたの生活の保障なんかしないけどな。ま、真面目に地道な仕事で働くんですなァ?」と言わんばかりである。

俺もその時はそう思っていた。というか、社会の空気にそう思わされていた。というべきだろうか。

ちゃんと「更生した姿」を見せて「世間様」に許されねばなるまい、という感覚だったし、『前科おじさん』を書いている時はそんな気持ちだったんだと思う。

実はあの本が出て間もなく僕が働いていた店が潰れた。今でもたまに「マッサージはまだやっているのですか?」と聞かれる事があるのだけど、実は一年ちょいで辞めている。そもそもマッサージの仕事は拘束時間が長い割に歩合制なので、お客さんが来ない日は日給一二〇〇円とかの日もざらにあった。月収はよくて九万円、稼げない時は六万円くらい。暮らしていく分のお金が稼げないのだ。

さすが前科者が簡単に就職できる職場だ。

これじゃ東京ではとてもじゃないが暮らしていけないし、それにお客を待っている間は、何のお金も発生せず、控室という名の物置部屋の中でブックオフで一〇〇円の本を買ってひたすら読んでいるしかなかった。どうせ金にならんのなら、この時間も本当は音楽を作ったり、ゲームしたり、なんなら昼寝でもしたいのに、一日十時間くらい拘束された上に、金になる保証もないわけだ。

長時間拘束されてお金にもならない。客が来ないので居眠りしてるとイビキで怒られる。ひたすら時間を無駄にしている気がする。やることは読書しかない。タバコを吸える時が唯一の息抜き。あれ、これって、よく考えると留置場の中とほとんど変わらないじゃん?

違うのは毎日家に帰れることと、一応、勤務時間が終われば自由はあるってことだろうか? ま、メシは断然、中よりも美味いけどもね。

もう過ぎた事を言っても全く仕方がないが、今は正直に言おうハッキリ言って非常にイヤだった。

あの仕事でちゃんと食って仕事に誇りを持っている人がいるのも知っているし、こんなことを書くと怒る人がいるかも知れないが、これが本心だ。

クソみたいな職場でクソみたいな先輩に怒られ、クソみたいな給与でクソみたいに時間を浪費する毎日だった。しかも食っていけない、どうしよう。もうダメだ、辞めようと思い、店に辞職の申し出をした。あっけなく辞職となり、その直後に僕が働いていた店は潰れてしまった。元々潰れるくらいの客の少ないマッサージ店だったのだ。

続けてても続けてなくても同じだったな、と思ったし、踏ん切りがついた。

ちょうど申し渡されていた一年間という活動自粛期間も終わることだし、ここから真の再スタートだという事になった。よしこれでＤＪの現場に出られる。これも前回書いていなかった事なのだが、逮捕された直後、実は僕は貯金がたくさんあった。

浪費癖はなかったし、贅沢に興味もなかったので、アシパンをやっている時にも貯金がある程度はあったのだが、七、八年前に両親が亡くなった時の生命保険がおりて、実は一〇〇〇万円くらいの貯金があったのである。

住んでいるのは彼女と同棲している狭いワンルームマンションだったし、お互い贅沢な暮らしはしてなかったし、あの頃はやたらに生活が充実していて、自分の店の運営や企画や音楽、ラジオの仕事、ファンコット普及活動などに忙しく、お金を使う暇もなかったし、お金をやたらに使うのはあんまり良い事じゃないという親の教育もあってひたすら取っておいたのだった。

育ててくれた上にお金まで残してくれた親には感謝をしてもしきれない。それに頼りつつ、仕事復帰ができるまで生きていこうと思ったのだが、そうは問屋が卸さなかった。

アシパンの自由が丘移転の時から資金を出してもらったり、お世話になってきた、棚木さんにそれを言うと、「あ、お金あるの？　じゃあ、今までにかかった資金を返してもらうね！」といって、逮捕後、頼りにしていた貯金一〇〇〇万円があっけなく消えたのだ。

俺も俺でいろんな人の信頼を裏切ったという思いもあり、大麻所持で捕まっただけで高すぎる罰金だな、でも、まあ仕方ない事なんだよなと思いながらそれを渡すことに同意した。

一応、僕がそのお金は会社に「貸し付けしている」という形らしいのだけど、よく仕組みが分からないし、返ってくる見込みはないだろう。

僕はビジネスにもお金のことにもあまり興味がもてないので、何がどう言うことなのかはあまり分からないんだけど、とにかく親の生命保険含む大金が一瞬にして無くなってしまった。

たかが大麻〇・六グラムで親が子供のことを思って残してくれていた生命保険が全部無くなってしまう。僕の場合はかなり特殊パターンかも知れないけど、やっぱり逮捕の代償ってかなりスゴくね？

まあ、さんざん金突っ込んできた店が不祥事で、いきなりなくなったら金返せってなるのも分かるし、仕方ないと諦めるしかなかった。

逮捕は割に合わないってもう一万回くらい言ってるけど、本当にいろんな意味で割に合わない。

まさに我が人生、最悪の時は今だって感じだった。

二〇一五年のクソ自粛期間の思い出といえば、保釈されてまもなくテレビを付けたら当時始まったばかりの『クレイジージャーニー』という番組で、自分の姿そっくりの男性が、ジャマイカの大麻農家に潜入し、大麻の畑から笑顔でレポートしているのを、仕事終わりで家で飯を食いながら複雑な気持ちで眺めていたことくらいだ。

自分の姿そっくりな男は丸山ゴンザレスさんといった。僕は面識はなかったのだが、以前から、僕と丸山さんの両方を知る人から「二人はそっくりだ！　いずれ会わせたい！」と言われていたのだが、はじめてゴンザレスさんのビジュアルを見たのがその『クレイジージャーニー』の放送だった。

マジで自分に似ていて、そんな人が大麻畑でニコニコしているところを見ることになるなんて、なんたる皮肉だよ、と思って思わず笑ってしまったことを覚えている。

この件で丸山さんの著作に興味を持って調べたら、留置場で同室だった「サギ師の室長」に借りて読んだ「裏社会入門」的な書物の著者が、丸山ゴンザレスさんの別名義だったらしい。不思議なこともあるものだと思う。

その後『クレイジージャーニー』でブレイクした丸山さんは、危険地帯や裏社会のジャーナリストとして絶大な人気を誇っていることは言うまでもない。

それからNetflixでカナダの国民的ドラマ『トレーラー・パーク・ボーイズ』にハマっていた。一生登場人物が出世しないGTAみたいな話で、カナダの貧困地区に住むトレーラーパークの住人達のしょうもないバカっぽい日常をドキュメンタリー形式で撮影したコメディドラマで、大麻ネタもたくさん出てくる。違法スレスレ、または違法なシノギで何度も逮捕されては刑務所に入れられ、出てきては懲りずにまた（だいたいの場合がバカバカしい）ビジネスを考えては実行するという姿に感情移入していたものだ。

なんとなく、充実していたように、面白く暮らしていくように活動自粛中の生活を書いてはいたが、実際は『トレーラー・パーク・ボーイズ』を見ることと銭湯に行ってサウナでキマることぐらいしか楽しい事は無かったかもしれない。

なんで、『前科おじさん』が自粛生活を割と楽観視して面白おかしい感じで書けていたかというと、僕が大麻で逮捕されたという事に対する社会的制裁を正直低く見積もりすぎていたということもあるだろう。

僕の目論見では一年の活動自粛が終われば、世間も忘れ、今までと同じように仕事はある。音源も再配信されるだろうし、インディーズに戻ったとはいえ、逮捕以前とさほど変わらないのじゃないかとたかをくくっていたが、全くそうじゃない、という事は今に至るまで嫌というほど知ることになる。

店を失い、仕事を失い、信頼を失い、金を失い、人生の一つの可能性を失ったといえる。

僕も麻痺していたのだろう、「たかだか大麻での逮捕ごとき」で、人生がこんなにブチ壊れるとも思っていなかった。『前科おじさん』の帯に書いてある「元に戻るのだ！」の古川耕さんの推薦文のように元に戻るかと思ったけど、全くそうはならなかった。

社会に出て二十年くらい少しずつ積み上げてきた世間からの「信頼」を本一冊書いただけで取り戻そうなんてのは、虫が良すぎると言うものだった。僕が甘かったとしか言いようがない。

逆に世の中から「信頼」を失う事は本当に簡単な事なんだなぁとも思った。

高野政所は本当に反省してるのか？

そうそう『前科おじさん』の最後は「逮捕されて高野政所は反省しています。信じるか信じないかはあなた次第です」ってシメだった。

じゃあ、正解をこの新装版で発表しようと思うんだけど正解は「高野政所は反省している」だ。

そう、反省している。

ただし、僕が「反省してる」と言ってるのは、あくまでも「逮捕された事自体」であって、「大麻を使用していたこと」について反省している、とは一言も言った覚えはない。僕が「反省してる」のは逮捕されてしまった自分の油断と間抜けさなのである。

なので、僕はもちろん大麻自体は全く悪いと思ってないし、逮捕後に覚えた酒よりも明らかに自分の体質にあっていて、キマると気持ちが良いし、健康にも大変良い効能を持つものなので、今この瞬間からすぐにでも全世界で非犯罪化、および全面解禁すべきものだと思っているが、「パクられた事」が引き起こした仕事上の迷惑や、イメージの低下、自分の人生の遠回り具合を顧みるとさっきも書いたように「逮捕されると割に合わない」のは絶対的に確かなので、そうひたすら言い続けていたのだった。嘘はついていない。

いくら法律で有罪にされ罰を与えられたところで、少なくともそれまで十五年くらい吸っていて、自分の身体に全く害がなかった事を何よりも知っているのは自分自身なのだから「大麻は恐ろしい麻薬です。あなたの精神に異常をきたします」なんて、吸ってもいないヤツから言われたところで、認識を改めることなど到底不可能だし、世界の情勢がもの凄い勢いで大麻解禁に流れたこの数年間は、逮捕された事に深く反省はしていても、それこそヤバい薬物でも打って、まるごと脳の記憶を書き換えでもしない限り考えが変わるわけないのだ。

これを読んで「全くしょうがねえ奴だなぁ」と呆れるのはまだしも、血相を変えて怒る人はハッキリ言ってテレビしか見てない情弱であるから、認識を変えた方がいいし、今の時点でそういう方は、その後のお互いの人生に幸多かれと思いながら、自分の人生そのものからブロックさせていただきたい所存である。ま、今これを読んでる人にそんな人はいないと思うけど。

つまるところ、あれから僕がずーっと「捕まると割に合わない」と言ってきたのは「大麻は悪くないどころかマジで最高！　すぐ非犯罪化した方がいい！　でも、日本じゃ捕まると割に合わない！」の後半の部分だけを言っていたというわけである。

だから僕はものすごく反省してるし、その反省を活かして、あれ以降は大麻取締法に絶対に違反しないように「所持、売買しない」という完全遵法スタイルで生活している。勘のいい人はもう分かっていると思うけど、「所持、売買」はしないだけであって、万が一、偶然にも、何かのはずみで、ご相伴にあずかるような際は、リスクを負っていただいてる事に深く感謝しながらありがたくご馳走になる事にしている。

だから高野政所は反省した。嘘ではない。

いくらバカな僕だって自分が何を言ったら反感を買うのかぐらいは知っているのだ。

だって、捕まったばっかの奴が出てきてすぐにあの当時の空気の中で「大麻は悪くない！」って言ってたら「こいつ、麻薬で頭おかしくなってんだな！」って思われるだけじゃないか。

そういえば、のちにイベントで一緒になった高樹沙耶さんは出てきてすぐにそういう事が言えた人だ。あんなに有名な女優さんが逮捕によって受けたダメージは俺なんかの比ではないと思う。それでも、高樹さんはどんなに叩かれても医療大麻の必要性や大麻の有用性を訴えていた。

それでも言える人が真のハードコアだと思うけど、あの時点で僕は「世間」に「反省してない奴」なんて思われたら、わずかに残った信用まで台無しにして、それこそ生き死にの問題になってしまうと思った。だからおとなしく活動自粛し、「反省の色」を示したのである。

しかし、僕以降に逮捕された僕よりも全然知名度の高い有名人の中では（特にラッパー系）、逮捕後、早々に活動を開始する人もいて、このあたりも時代が変わったのだな、と思うと同時に自分の自粛期間とは一体なんだったのだろう？　と疑問に思う。

そもそも執行猶予というのは社会復帰するための期間だと考えると、この自粛というものは、その期間中に存在を忘れられてしまうし、今となってはいたずらに復帰を遅らせるだけの悪しき習慣だとしか思えないのである。

その後の前科おじさん

という訳で、二〇一六年の三月で活動自粛期間を終えて、また夜の街に繰り出したり、音楽活動を再開できるようになったわけだ。

ほぼ留置場の勾留期間が延長しただけのような生活が一年くらい続き、精神的にもかなり参って我が人生の先の見えなさが頂点に達していた中での再スタート。ここからはもう目まぐるしかった。

ツイッターに弱音も書きまくっていたし、迷走具合が半端なかった。

昔のアシパンに出入りしていて、距離が離れてしまった人達から「政所は真面目に働いた方がいい」と陰で言われていたのも人づてに聞いて知っていたが、マジでそんな言葉はクソ喰らえと思ったし、少なくとも自粛期間の一年は真面目に働いてこのザマだ。もう人にあれこれ指示されて仕事をするのは絶対に性に合わないと知った。

職場が自分に合わなかった、仕事自体が向いていなかったという部分ももちろんあるのだろうけれど、やりたくない事をした上で金にもならないという現実に打ちのめされていた。もうやりたくない事はやらないぞと決めた。

とはいえ、そんなスタンスでは本当に金に困った。まず、自粛を終えたところで企業から来る仕事なんて絶対にない。なので、自主的に音楽を作り、ステッカーを作り、文章を書き、イベントをやり、思いつくあらゆる事をやってみた。どんだけ頑張っても一般の同い年くらいのサラリーマンの月給の三分の一か四分の一程度の収入だったが、その全ては自発的にやった事だった。

自分がやりたくてやっている事だったので、金はなくても自分では納得しながら受け入れていた。常に家賃や生活費に追われたが、絶対に人に雇われないで生きていく、という誓いを破りたくなかった。このころ思ったのは、怖いのは無職じゃなくて無収入だという事が身に染みて分かったし、金を稼ぐ事はこんなにも難しいのかという現実に何度も打ちひしがれそうになった。

しかし、自分がやりたいことに時間を使える幸せというのもかみしめる事はできた。大事なのは金か自由か？　この時期からずーっと考え続けている。

そうなると当然割を食うのは同居人だ。彼女にも多大な迷惑をかけたし、今もかけ続けている。恐らく逮捕されずにお金があったらすでに結婚もしていたろうし、もしかしたら今頃は子供もいたかも知れない。「普通の幸せ」を捨てさせてしまった。俺のしょうもない大ポカに人生ごと巻き込んでしまった形だ。

「あんたいつまで夢を追ってるの？　いつか、いつか、っていつなの？　もういい加減にして！」と絵に描いたようなダメ男の見本みたいな事を本気で言われた事もあった。いつか必ず幸せにする！　と思っている。

しかし、意地でもアルバイトをせずに「やりたいことだけやって生きるために必要な金を稼ぐ」という状況を求めて足掻いた結果、おかげでいろんな経験をすることができたと思う。

やりたくない事をやればお金は作れるなんて事は当たり前に分かっていたが、僕は金にならなくてもやりたい事しかしないと決めていた。

そりゃまあ当たり前なんだけど、めちゃくちゃ大変だった。何か新しい事を始めて最初はうまくいくかと思えば長続きはしない。その繰り返しだ。

今思えば、なんで別の仕事を探さなかったのかと思うけど、「あいつは真面目に働いた方がいい」という言葉には自分を曲げるような気がして絶対に従いたくなかった。

そのために余計な苦労や不安を経験したような気がする。ちゃんと探せばマシな職場はあっただろうに。

やっぱりある程度の収入があってこそ好きな事ができる、というのは真理だと思う。でも僕は意地っぱりでバカなのでそれを選ばなかった。

活動自粛期間が終わり、僕は低収入ながらも好きな時に好きな事ができ、好きな時に人に会う事ができる自由を得る事ができたが、ＳＮＳや社会での立場は相変わらず前科者として扱われ続けたし、時には同じ前科を持った人から「政所さんは前科者の星です！　頑張ってください！」などと励まされたりもした。「前科者の星」ってまた凄い異名だなあ。

一年間の自粛期間はそりゃもうつまらなかったから、外に出て動けることで環境は激変した。

自粛期間が終わるのを待っていてくれていた人達がいた。

二十年前くらいから変わらずに僕を慕い続けてくれているアボカズヒロ君、贅沢ホリデイズの CHOP STICK さん、ORETACHI の丸省君、METEOR 君、そのほか色々な人のおかげでＤＪや音楽活動を再開できた。

逮捕後に始めて会う人もたくさんいて、その人達からはからかわれたりもしたけど、ほとんどの人が「大丈夫だよ、これから頑張ってよ」という風に励ましてくれた。

久しぶりに現場で会う人に何を言われるのか怖かったりもしたけど、おおむね、実際に会うほとんどの人が優しく対応してくれた。

相変わらず生活は苦しかったけど、自粛の時に比べたらだいぶ精神状態はマシにはなっていた。

あったことを全部書き出すとまた本一冊分くらいの内容になってしまうし、あまりにも色々な事がありすぎて思い出せない。

突然インドネシアのジャーナリストからメールが来て、伝説のDJジョッキー・サプトラに会いに行ったこともあったし、ジャカルタの街中でストリートDJをしたこともあった。その時のインドネシアのニュースの記事を見た石野卓球さんに刑罰として（本当は俺悪くないからね！）、一週間、自分が食べるメシのスケッチをさせられたこともあったなあ。

もちろん疎遠になって離れた人もいたけど、変わらずに付き合いを続けてくれた人も多くて、自粛明けの二年間は「仲間と一緒に何か作る」、とか「集まってパーティーする」とか、「DJをする事の喜び」みたいなものを徐々に取り戻していった。

やはり人は、ほかの人がいるからこそ、その関係性で自分という人間でいられるのだなあと思った。

やがて逮捕からいよいよ三年が経ち、執行猶予が明けることになる。執行猶予は俗に、ベントウ、お弁当などと呼ばれ、執行猶予がある人の事を「ベントウ持ち」と言ったりする。

僕のベントウは三年だったので、二〇一八年の五月でそれを迎え、これで刑事上、僕に下された処分は全て受け切った事になり、一応、ここからは身分は一般の罪を犯していない人達と同じになる。万が一、また何かで逮捕されたとしても、いきなり刑務所に半年以上ブチこまれずに済む。

この辺の仕組みが分からない方もいると思うから、説明させてもらうと、僕は「懲役半年、執行猶予三年」の判決を受けた。懲役というのは刑務所に入ること。それが半年である。そして、執行猶予というのは、今回、釈放して自由にする代わりに、その間にまた罪を犯して逮捕されたら、今回の犯罪の刑期もあわせて有無を言わさず刑務所に入ってもらいますよ、ということだ。

だから僕の場合は三年間、捕まらずに良い子で過ごしていたら懲役の半年というのはなくなりますよ、ということである。

大麻がたまたま嗜好品としてめちゃめちゃ体質にあっていたということと、違法サンプリングが大好きという事に気を付ければ、ごく紳士的で理知的で信頼できる声を持つ男である僕であるから、よっぽど魔が差したりしない限りは罪を犯してしまう事はないだろうという感じだったので、別段、何に気を付けていた、というワケではないが、やはり、人生は時に予想もしない事が起こることは否定できないので、もし何かあったら嫌だなあ、という感じで、僕の頭の上に何をやっている時でも常に、いつも黒い雲のように「執行猶予期間」というものが浮かんでいた気がする。そんな執行猶予期間の三年間だった。

ようやく執行猶予が明ける日に僕は何をしていたかは覚えていない。でも、執行猶予が明けるのを待ち望んでいた事は確かだった。

僕にとっての「執行猶予が明ける」という意味は、「これで今後逮捕されることがあっても、問答無用で刑務所にブチこまれる心配がなくなって、安心して犯罪ができるぜ！」とかそういう事ではなくて、自分の停止になった音源の配信再開が期待できたり、またラジオに出られる可能性があったり、逮捕される以前の状況に少し近づけるんじゃないか？　という期待が持てる区切りなのではないか？　という意味で待ち望んでいた。

仲間や友達には恵まれていたが、その枠から出ると、何をしても社会から無視され、なんとなく腫物のように扱われている感覚があったけど、きっと執行猶予が終われば全てが解決するんじゃないか？　なんて勝手に希望を持っていた部分もある。

しかし現実はそんなに甘くはない。思い出してみると、一年の活動自粛期間が終わった時にもすぐ「あの頃」みたいな生活に戻るのかと思ったが、やはりそうはいかなかったのと同様に、執行猶予が終わった瞬間に、ユニバーサルミュージックから僕の音源は配信再開される事もなく、ラジオのレギュラー仕事が来るわけでもなく、音楽制作やREMIXの依頼が殺到するわけでもない。まあ、冷静に考えれば、世間に対する前科者の扱いなんて、そんなもんということでもあるし、変わってしまった環境が急に元に戻ることはなかった。

音源の再配信に関していえば、僕の逮捕の翌年、僕が中学生の時に大好きだったCHAGE and ASKAのASKAさんが覚醒剤で再逮捕された。ASKAさんは僕と同じユニバーサルミュージックからリリースしていたが、当然、ASKAさんの音源も配信が止まった。

自分の音源に関して、ASKAさんの逮捕以降に何度か担当してくれていた方に問い合わせてみたときに「ASKAの配信が再開するどさくさに紛れて再開できるかも」みたいな事を言っていたけど、俺の音源どころかASKAさんの音源も二〇二一年現在、配信は再開されていないので、僕の作品は完全に闇に封印されてしまったと既に諦めている。

自分が人生で一番頑張って作った作品が今はなかったことになっているのはとてもくやしいが、こればかりは自分でどうにもできる問題ではない。逮捕以前と逮捕以後で人生の別ステージ、または違う章が始まったようなものなのだ。

ゲームで言うと、今まであった社会信用を大幅にマイナスされるという「呪い」をかけられ、（今思うと）親密度の高くなかった仲間を失い、「前科おじさん」に称号をチェンジされ（これは自分で本を書いたので自業自得）、これまでのゴールドや武器、装備を失った。

しかし、スキルや経験値だけは残された、みたいな感じだ。

つまり、執行猶予期間が終わったからといって何か激変したり人生がいきなり好転するような事は全くなかったのだ。ガッカリだ！

それでも徐々に変化は現れる。それは別に執行猶予がどうの、という問題ではなく、自分が動き始めたというのが原因であって、ますます「自粛」は全く意味がないものだと思う。

自分が表に出るようになって逮捕以前からの仲間とは別に、もちろん逮捕後に知り合った人は多くいる。

僕が逮捕されていることで逆に心を開いてくれるようになった人もいて、名前は出せないけど「実は僕も前科おじさんで…」みたいに、ほかの人が知らないような秘密を告白されることもあったし、僕の周りには大麻に対して悪いイメージを持っていない人や、「いや、僕も実は…海外で」みたいな感じで結構、少なくない人数で大麻が好きな人達がいるのだなと思っていた。

緑がつなぐ縁　グリーンデスティニー

大麻での逮捕は僕の人生を完璧に狂わせてしまった。

僕個人がいくら音楽を作って発表しても、音楽メディアに取り上げられる事は無かったし、いつの間にか、ラジオを聞いていた人からもすっかり「あの人は今」みたいな状態になっていた。何をしていたかと言われると、あらゆる事を模索しつつやっていたんだけど、メディアに出なくなると、それでしか知らなかった人にとっては存在しない事と一緒なのだから仕方がない。

それでも執行猶予が明けた後はＴＢＳラジオが僕をゲストに呼んでくれたり、ヒャダインさんが僕に編曲を依頼してくれたり贅沢ホリデイズの「節子」という楽曲がTikTokでバズりをたたき出したり、チャンスと言えるものが無かったとは言えない。

しかし僕はそれらをいまいち活かす事ができなかった。逮捕された経歴がそういったチャンスを活かしきれなかった全ての原因ではないにしても、やはり、何か突き抜ける事は難しく、なんとなく「緑色」感を打ち出してはいけないところでの活動が全く軌道に乗らなかったことは事実だ。本当は心の中ではそちら側での「社会復帰」を諦めていたのかも知れない。

何度も腐りそうになったし、もう活動自体をやめて、人に雇われて生きる方向性に変えようとも何度も思った。

特に執行猶予が明けても自分の生活や経済状況は少しも好転しなかったときは自分が逮捕で失ったもののデカさを改めて認識して絶望に近いような気持ちになっていた。

この様に、明らかに僕は大麻による逮捕で人生を大ゴケし、いろんなものを失ったのだけど、実は大麻そのものを憎くなったり、悪く思ったことは一度もなかったし、憎いのはむしろ大麻取締法であり、大麻についてさらに調べれば調べるほどこの大麻取締法に納得がいかなくなるし、むしろ大麻自体は「良いものである」という確信を強めていった。

こういう事を書くと「大麻中毒になって頭が狂った。怖い」とか言われるかも知れないが、そういう事を言ってる人は情報も調べず、日本の厚生労働省が長年続けてきた「ダメ。ゼッタイ。」に洗脳されっぱなしの思考停止した哀れな人でしかない。

僕は逮捕された事があるからこそ、大麻について気になるし、それなりに調べたり情報を集めたりしての判断だ。なによりも自らの経験で大麻が体にも脳にもたいして悪影響がない事は知っている。

悪影響が無いわけではないが、例えば、脳が未発達な子供が吸うと発達に影響が出るよ、とか、煙のタールが肺には悪いよ、とか、あとは普通絶対そんなに吸う奴いねえよってレベルで信じられないくらい多量に吸うと致死量を超えて死ぬよ、とか。あとは、体質やタイミングや体調、セッティングでバッドトリップするとかその程度だ。

それに日本でのＣＢＤの流行、もちろん医療用途としていろんな疾病に効果がある事も十分わかっているし、実際に解禁してる国もあるし、別にこれを読んでる人はそんなこと知っているだろうから、詳しくは書かないけども、ほぼ「百利あって一害無し」といっていいレベルなのだから、もう大麻自体が悪いはずはないのだ。え、どうだ！　参ったか！

大麻で身を持ち崩しているくせに、知れば知るほど、大麻取締法はおかしい、という考えになっていった。そして大麻が違法だという事に納得がいってない人はたくさんいるのだ、と言うことをＳＮＳを通じて知るのである。

悪くない（むしろ良い）植物のせいで俺の人生もめちゃくちゃだなぁ～なんてやりきれない気持ちになるのも無理はない。

しかし僕の精神の腐り方が頂点に達していた二〇一七年ころを境に、日本の世の中では大麻についての認識が若干変わり始めた。

世界的に大麻の非犯罪化、合法化、解禁の方向が明確になっていった頃でもある。

二〇一八年にはカナダで大麻が合法化され、さらにアメリカのいくつかの州やヨーロッパ各地で非犯罪化し、いよいよ、と「大麻クラスタ」が色めき始めたあのザワザワしたSNS上の空気感は独特なものだった。

僕は二〇一六年頃から自分の罪を正当化したい一心で、大麻の事をツイッターに投稿する事がよくあったが、その頃はスルーされるか、全然知らないアンチ大麻の人から「まだ反省してないのか」「また捕まればいい」ぐらいの事をよく言われて書いては凹まされ、書いては凹まされを繰り返していた。

しかし、二〇一七年頃から世の中の空気（というか、ツイッターの空気）が明らかに変わってきたのだ。

以前から大麻系アカウントは存在していたが、このころを境により医療や資源、税収をはじめとする大麻の有用性を声高に叫ぶ人や、アンチと論戦を繰り広げる人、大麻に関するギャグやパロディ画像をアップする人、スマホ用の大麻の売人ゲームを作る人、カワイイ絵柄の漫画を描く人、アングラの匂いを漂わせるギャングスタ系、次々と日本にも「大麻文化」的なものを打ち出す人が増えた。僕の所属する公然秘密結社チルミナティもその一連の流れにある。

二〇一八年に入ると大麻YouTuberが現れ、大麻インフルエンサーやCBD、医療大麻関連、多くの人がオンライン上で大麻を語り、大麻をネタにしはじめるようになる。

これ系で印象に残っているのは二〇一八年にテレ東の深夜で放送されていた「深夜！　天才バカボン」を見ていたら、なんの脈絡もないシーンでバカボンのパパが「なんだ？　ついに日本でも大麻が解禁されたのか？」と唐突に言うシーンがあった。ボーッと見ていた中での全く必要性のないセリフに思わずわが耳を疑ったことがある。

警察庁や厚生労働省が「大麻撲滅キャンペーン」のような事をやればやるほど、それに対して「おかしいんじゃないか？」「ウソをつくな！」のようなコメントが付いたり、確実に大麻について理解を示す人が増え始めている。

僕のDJの現場ではガンジャ・チューンが盛り上がり、ネットだけでなく現実に意識が変わり始めているのを感じていた。

その頃から、僕は僕で「前科需要」がたまに表出するようになる。大麻や薬物で逮捕される芸能人、ミュージシャンがいると「経験者」として僕にお呼びがかかることもあり、その時のトークや記事では、もちろん僕は大麻を擁護するのだが、それに関しても以前とは違い、バッシングどころか格段に好意的な反応が増えるようになった。

このような空気感になったのは、世界情勢や意識の変化もあるが、日本においては、恐らくモーリー・ロバートソンさんの影響はかなり大きいと思う。


モーリーさんは自分では過去にアメリカ在住時代、大麻経験があり、今では吸わないようだが、近年、恐らく日本で最も多くの人に影響を及ぼした大麻解禁論者だろう。もちろん古くから解禁を訴えていた人達はいたが、モーリーさんが間違いなく新しい風を吹き込み、その規模を大きくしたといえるだろう。

モーリーさんは当時、テレビで世界の政治状況について語りながら、ツイッターやニコ生では世界情勢、とくに大麻の解禁についての話題をガンガンつぶやいており、大麻解禁について世界的かつ冷静な視点で説いて、非常に注目を集めていた。

大麻が解禁されるという事は自分の罪が正当化される事でもあるので、僕は彼のツイートをＲＴしたりリプをしたりしていて、ＳＮＳ上での交流があった。僕がモーリーさんと実際にあったのは、僕が逮捕後に一番お世話になった不動前のＤＪ ＢＡＲ「ＴＲＩＯ」の六周年記念イベントに突然遊びに来てくれた時である。

その縁で、二〇一七年の一月にモーリーさんがやっていたニコ生の番組で、若いころからお世話になっている高橋ヨシキさんと僕での鼎談《ていだん》が配信された。この時の配信は今でも「あの回、最高でした！」とモーリーファンの方に言われるほどの神回だったらしい。この鼎談はヨシキさんが高野政所も呼ぼう、と言ってくれて実現した。これが好評だったらしく、モーリーファンの一部の皆さんに僕の名前が知られることになった。

そんなモーリーさんはDJもやっていて、御本人は本来ミュージシャンであるので、非常に仲良くしてくれて一緒にクラブイベント「モーリーナイト」を一年半くらいやることになった。

「モーリーナイト」はトークショーと、DJタイムが両方楽しめるパーティーで、そこで出会った人達の中で今でも仲良くさせてもらっている人が何人かいる。

モーリーさんは瞬く間に親しみやすいキャラクターとどえらい学歴に裏打ちされたインテリジェンスで庶民に支持を得て、社会派知識文化人タレントとしてクイズ番組などで活躍し、芸能人として瞬く間に「売れて」いき、その発言にも注目が集まる中で、彼の存在がきっかけとなって大麻の事に興味を持つ人も多数増えたという事は間違いないだろう。僕はモーリーナイトのオーガナイズをすることでギャランティーももらっていたし、名実ともにモーリーさんには逮捕後の人生を大いに助けてもらったことになる。

「モーリーナイト」はモーリーさんが有名になるにつれ、距離感の分からないヤバいお客さんが現れたために終わってしまったが、僕はこのフックアップのおかげでなんとなく「大麻のことについて話せる若手薬物シーンのホープ」という立ち位置になっていった。

そんな緑色の波に乗って、僕は当時タイ在住の日本人ラッパーMek Piisuaさんの申し出で一緒に大麻の楽曲をリリースしたり、二〇一九年には医療大麻解禁を公約に掲げる都議会議員候補の成田健壱さんの選挙活動をノリで手伝う事になったり、医療大麻のお医者さんとして知られる正高佑志さんと知り合ったり、まさか高樹沙耶さん、石丸元章さんといった大麻／薬物関係のボスキャラ達とトークショーに出ることになったりした。極めつきは、MONGER氏が作った大麻売人ゲーム『東京ＷＥＥＤ』の中に実名で登場することになる。日本のＤＪで一番早く大麻のゲームにキャラクターとして登場できた事は「逮捕されなきゃできなかった事」の一つでもある。

そうなるとますます旧来コンプラが幅を利かす「地上波」的なところや、普通の企業案件などから縁遠くはなるのだが、蛇《じゃ》の道は蛇《へび》、というか、ここから若干だがゆるやかに僕にはそういった流れの仕事が来るようになり、本来の意味とは違う意味での社会復帰への道がつながったような気がする。大麻がらみでの人脈（こう聞くとすげー犯罪組織と絡んでるようですが、みなさんカタギです）が次々と増え、地方のＤＪイベントでも大麻に理解を示すオーガナイザーやアーティストとの交流も増えた。

おかげでこの本の担当をしてくださっている草下シンヤさんに声をかけていただき、この再刊行を迎えることができた（ちゃんと僕が加筆原稿を書くことができればだが……）。考えてみると僕は見事なまでに大麻で人生を持ち崩したのだが、大麻のおかげで一応生活ができている事を考えると、大麻に殺され大麻に生かされている、大麻に人生を翻弄されているとしか思えない。

今思えば「前科おじさん」は執行猶予が明けたのでただの「おじさん」に、もっというと「ド底辺無職おじさん」になったのだと思っていたが、そこから「大麻おじさん」への道がつながっていたということかも知れない。

そりゃ人間、自分が必要とされたり、大事に扱ってくれる方向へ進むのが自然だよね、ということだ。

これは大麻好きがつなぐ縁、グリーンデスティニー（緑色の運命、同名の映画があったが、そっちは中国の武侠モノアクション映画）に導かれているとしか思えないのだ。

こういうことを書くとスピリチュアルっぽくて気持ちが悪いと思う読者もいると思うが、この世に生を受けて四十年も過ぎると、多かれ少なかれ奇跡とか運命としか思えないことというのが、人生にはある。

僕は「ヤバさ」を求めてずっと生きていたけど、最近はちょっと引くぐらいヤバい人との出会いも継続中だ。

そもそも世の中が引くほどブットンデる今だからこそ、その「ヤバさ」に一歩も引かずにこの数奇な運命を楽しんでいこうと思う。

でも、ブットンデばかりじゃさすがにしんどいからここらで一旦チルさせてもらいます！

というわけで、『大麻でパクられちゃった僕』んでいただいてどうもありがとうございました！

そしてまたどこかでお会いいたしましょう！

二〇二一年　二月十五日　高野政所

本書は二〇一六年八月にスモール出版より刊行された
高野政所 著『前科おじさん』を加筆・修正の上、再刊行したものです。

著者略歴
高野政所（たかの・まんどころ）
1977年1月27日生まれ。DJ。テクノユニットLEOPALDON（レオパルドン）のリーダーとしても知られる。別名 DJ JET BARON。
TBS ラジオ『ライムスター宇多丸のウィークエンド・シャッフル』にてインドネシアのダンスミュージック「ファンコット」を紹介したことをきっかけに同局のラジオ番組『ザ・トップ 5』でレギュラーパーソナリティを務めるなど、精力的に活動。
2015 年 3 月、大麻所持で逮捕。懲役 6 カ月、執行猶予 3 年の判決を受ける。その後 1 年間活動を自粛した。
現在は復帰し、執筆やイベントの主催など活躍の場をさらに広げている。

カバーイラスト：キメねこ

大麻でパクられちゃった僕

2021 年 3 月 22 日第一刷

著　者　　高野政所

発行人　　山田有司

発行所　　株式会社　彩図社
東京都豊島区南大塚 3-24-4
MTビル　〒 170-0005
TEL：03-5985-8213　FAX：03-5985-8224

印刷所　　シナノ印刷株式会社

URL：https://www.saiz.co.jp
https://twitter.com/saiz_sha

ISBN978-4-8013-0505-2 C0095

本書は 2016 年 8 月にスモール出版より刊行された、高野政所著『前科おじさん』を加筆・修正の上、再刊行したものです。